그럼에도
행복해지고 싶은 너에게

그럼에도 행복해지고 싶은 너에게

초판 1쇄 펴낸 날 2022년 9월 28일

지은이 | 전형인
펴낸이 | 이종근
펴낸곳 | 도서출판 하늘아래

주소 | 경기도 고양시 일산동구 하늘마을로 57-9 3층 302호
전화 | (031) 976-3531
팩스 | (031) 976-3530
이메일 | haneulbook@naver.com
등록번호 | 제300-2006-23호

ⓒ전형인 2022
ISBN 979-11-5997-074-0 (03810)

그럼에도
행복해지고 싶은
너에게

전형인 지음

차례

2장_들여다보세요

'나'의 내면에 집중해보기

3장_행복하세요
지금 행복할 수 있는 당신이 행복할 수 없는 까닭

4장_새겨보세요

지쳐 있거나 망설이고 있는 당신을 일깨우는 생각의 힘

5장_나아가세요
당신의 작은 변화가 이루어낼 수 있는 놀라운 일들

6장_함께하세요

행복을 옥죄는 편견에서 벗어나 세상과 소통하는 발걸음

들어가는 말

마음에 위로가 되어 평안함을 주는 글들이 좋았습니다.

그렇게 수년간, 마치 보물을 다루듯

소중하게 간직하며 모은 글들을

삶이 힘들 때, 지칠 때, 슬플 때마다 꺼내 보며

마음의 위안, 위로, 평화, 깨달음을 얻었습니다.

하지만, 이런 글귀들을 혼자만 알며 간직하기보다는

사람들과 함께 나누면서 제가 느꼈던 것처럼

지친 영혼을 달래주고, 잠시라도 치유된다면

좋겠다는 생각에 이 책을 쓰게 되었습니다.

속도가 더디었기에 책이 빛을 보기까지는 오래 걸렸습니다.

그 과정에서 하나 깨달은 것이 있습니다.

지금까지 노력은 적게 하고, 바라는 것은 많았다는 사실입니다.

즉, 욕심이 많았다는 거지요.

결국, 중요한 것은 빨리 도달하느냐 마느냐보다는

멈추지 않는 것입니다.

인생은 속도가 아니니까요.

조지프 퓰리처의 말처럼

가능한 한 읽기 쉽게,

또 이해하기 쉽도록 짧게 적었습니다.

짧게 써라. 그러면 읽힐 것이다.

명료하게 써라. 그러면 이해될 것이다.

기름같이 써라. 그러면 기억 속에 머물 것이다.

-조지프 퓰리처

이 글들을 통해

일상생활에 한줄기 희망의 빛이 될 수 있다면,

아팠던 마음이 조금이라도 따뜻한 위로를 받을 수 있다면,

지금까지 걸어온 길에는 무엇이 있는지 살펴보는 계기가 되어

바쁜 생활 속에서 악보의 쉼표처럼

잠시나마 여유가 생기시면 좋겠습니다.

2019년, 새해의 첫머리에서

전형인

누군가를 안아주신 적 있으신가요?

때론 말없이 안아주는 것만으로도 그 사람에게 공감과 위로는

충분히 전달될 수 있습니다.

그렇다면 당신 스스로를 안아주신 적은 있으신가요?

다른 누군가에게 그리했듯 당신도 당신 스스로를 안아주어야 합니다.

그래야 나를 사랑할 수 있고, 세상을 살아갈 힘도 생기니까요.

1장 안아주세요

나를 가장 사랑해야 할 사람,
나에게 다가가기

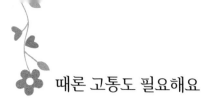

때론 고통도 필요해요

사랑하는 형제여,
그대에게는 약간의 고통이 필요하다.
마치 정원의 꽃이 활짝 피게 하려면
약간의 지저분한 낙엽이 필요한 것처럼.
—석가모니

삶에 상처가 많으신가요?
많이 아프고 힘들겠지만
상처를 통해 남들이 보지 못한
아름다움을 볼 수 있을 거예요.
일상생활이 어려울 정도로 아프다면
일상생활의 소중함을 알게 되고
사랑하는 사람을 잃었다면
존재의 고마움을 알게 되고
인간관계에 상처를 받았다면
인간 본성에 대한 이해심을 넓힐 수도 있죠.
한 단면이 아닌 그 이면도 바라보세요.

그러면 무거웠던 마음도

조금은 가벼워질 거예요.

밝은 곳의 불빛보다

어두운 곳의 빛이 더 밝게 빛나는 것처럼 말이죠.

마음의 평화를 줄 수 있는 사람

당신 자신 외에 당신에게 평화를 줄 수 있는 것은 없다.

—랄프 왈도 에머슨

여행 책을 보던 중에 하나의 풍경 사진에
시선이 멈췄어요.
사진 속 배경이 지상 낙원과 같아 보였기 때문이죠.
그래서 그곳이 어디인지 찾아봤어요.

가는 방법을 찾아보고, 비행기 표와 숙소도 예약을 했죠.
결국 그토록 보고 싶었던 사진 속 풍경을 실제로 봤어요.
거기에 평화와 행복이 있을 거라는 믿음과 함께.

하지만 이내 실망했어요.
너무 많이 걸어서 다리는 아프고,
사진 속 배경은 기대와는 달리
'별것 없다', '고작 이런 모습이란 말인가'

하는 생각이 들었어요.
사진에 속은 셈이죠.

어쩌면 우리는 환상을 본 것이 아닐까요?
마치 그곳에 가면 행복하고 평화로울 것처럼 착각하면서.

랄프 왈도 에머슨의 말처럼
평화는 외부 환경에 있지 않아요.

평화는 바로 자신 안에 머물고 있다는 사실을
발견해주길 바라면서 기다리고 있을지도 몰라요.

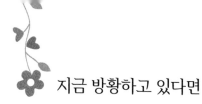

지금 방황하고 있다면

그가 지상에서 살고 있는 동안에는
무슨 일을 하든 금하지 않겠노라.
인간은 노력하는 한 방황하는 법이니라.
—파우스트

방황하고 있다고 해서
나의 길이 없는 게 아닙니다.
다만 아직 확실히 보이지 않을 뿐이에요.

대문호 셰익스피어와 괴테도
글을 모르는 어린 시절이 있었죠.

방황은 답을 찾는 과정이기에
혼란스러운 것이 당연합니다.
방황하지 않았다면 답을 찾기 위해
노력하지 않았다는 의미도 되겠죠.

바다를 항해할 때 파도를 피할 수 없는 것처럼
어떤 일의 과정 중에는
부딪히기도 하고 깨지기도 하는 순간이 와요.

그럴 때마다 아픔, 시련, 고통, 절망과 같은
감정들을 겪으며
더 힘들고 혼란스럽겠지만

자기 삶의 의미를 찾기 위해 떠난
여정 중에 만난 친구,
나를 찾아온 반가운 손님을 맞아들이듯
방황을 환영해주세요.
짙은 밤하늘의 별이 더욱 아름답게 보이듯
방황하며 보낸 시간들은
언젠가 삶의 버팀목이 되고,
삶의 강력한 동기가 될 거예요.

그러니 지금 방황하고 있다면
잘 가고 있는 것이니 괜찮아요.
힘내세요.

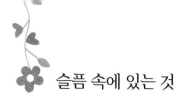

슬픔 속에 있는 것

슬픔 속에는 연금술이 있다.
슬픔은 지혜로 변해
기쁨 또는 행복을 가져다줄 수 있다.
—펄 벅

인생이 기쁜 일로만 이루어지지 않기 때문에
살다 보면 때로 슬픔을 만나게 될 거예요.

처음 슬픔을 맞이하게 되면 많이 힘들 테지만
그 슬픔 덕에 깨닫는 바도 분명 있을 거예요.

그리고 시간이 조금씩 흘러 아픔은 점점 무뎌지고
그 자리에 새로운 생각이 싹틀 겁니다.

새로운 생각은 지혜가 되고
그 지혜가 차곡차곡 쌓여 인생이라는 바다를
잘 항해해나갈 수 있는 힘을 줄 거예요.

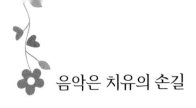

음악은 치유의 손길

고통스러운 슬픔으로 가슴에 상처를 입고
슬픔에 마음이 혼란스러울 때
음악은 은빛 화음으로 빠르게 치유의 손길을 내민다.
—윌리엄 셰익스피어

가슴에 상처를 받았을 때,
삶이 고통스러울 때,
마음이 혼란스러울 때
마음에 잔잔한 평화를 안겨주는
음악을 들어보세요.

고요히 음악을 듣고 있으면
잔잔한 호숫가의 물결처럼
아프고 혼란스러웠던 감정들이
서서히 가라앉으며
마음이 한결 편안해질 거예요.

삶은 곧 희망

지금이 가장 비참하다고 할 수 있는 동안은
아직 가장 비참한 게 아니다.
—윌리엄 셰익스피어

삶에서 희망의 끈을 놓아버리면
절망만 남아요.
삶이 있는 한 희망은 있습니다.

부자가 되어도 달라지지 않는 것

나는 비록 부의 축복에 감사하지만
부유하다고 내가 달라지지는 않았다.
내 발은 아직 땅을 딛고 있다.
단지 좀 더 좋은 신발을 신었을 뿐이다.
―오프라 윈프리

돈으로 나의 DNA를 바꿀 수는 없어요.

돈이 많든 적든

언제나 인생의 주인공은 바로 나입니다.

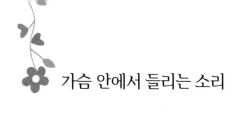

가슴 안에서 들리는 소리

하늘은 용기 있는 자를 돕는다.

—테렌스

포기하지 말아요.

아직 당신의 심장은 뛰고 있습니다.

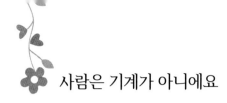

사람은 기계가 아니에요

쉴 수 있는 시간이 없으면 무엇이든 지속할 수 없다.
—오비디우스

일뿐만 아니라 무엇이든
쉼 없이 지속한다고 해서
능률이 오르지는 않아요.

사람은 기계가 아니어서
악보에도 쉼표가 있듯이
삶에도 쉼표가 있어야 해요.

무한한 경쟁 사회 속에
너무 매몰되어
여유를 잃어버린다면
자칫 인생에서 가장 중요한 것,
건강을 잃을 수도 있습니다.

바쁨 지수를 0부터 10까지 표시한다면
현재 당신의 바쁨 지수는 얼마인가요?

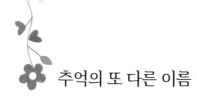

추억의 또 다른 이름

추억은 일종의 만남이다.
—칼릴 지브란

가끔 삶이 지치고 우울할 때
자기만의 보물창고를 만들어보세요.
이를테면 지난 여행 때 찍은 사진 앨범,
나만의 작은 역사인 일기장,
위안, 평화, 용기를 주는 글귀 모음.
내 마음을 비추는 그림 또는 낙서들.
잠시 추억 속에 빠져보는 거예요.
즐거웠던 순간들,
당황했던 순간들,
놀라웠던 순간들.
눈물 나게 웃겼던 순간들을 돌이켜보며
다시 살아갈 힘과 용기를 얻고
내 삶의 불씨들을 되살려보세요.

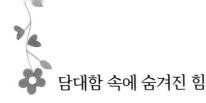

담대함 속에 숨겨진 힘

> 할 수 있는 일 또는 할 수 있다고
> 생각되는 일이 있으면 무엇이든 당장 시작하라.
> 담대함에는 힘과 천재성, 마력이 들어 있다.
> —요한 볼프강 폰 괴테

자기 자신을 믿으세요.

나도 해낼 수 있다고.

내 안에도 열정, 끈기, 투지가 있다고.

종교인들이 신의 존재를 의심하지 않듯이

나 자신을 의심하지 말아요.

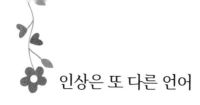

인상은 또 다른 언어

> 내 영혼 깊은 곳에 아름다움을 주시기를.
> 내면의 사람과 외면의 사람이 하나가 될 수 있도록.
> —소크라테스

"40대 이후에는 자신의 얼굴에 책임져야 한다"는
말이 있는 것처럼
굳어진 습관, 생각, 태도에 따라 얼굴의 분위기가
달라져요.

고운 생각, 아름다운 말, 온화한 마음을 가지면
치즈가 숙성되듯 내면의 아름다움도 얼굴에
묻어나기 마련이에요.
어떤 생각과 마음을 가졌는지가 중요해요.

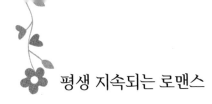

평생 지속되는 로맨스

자신을 사랑하는 것이야말로 평생 지속되는 로맨스이다.
—오스카 와일드

자기 자신을 사랑하고 있나요?
너무 높은 기준과 잣대로 스스로를 옭아매며
가혹하게 대하고 있지는 않은가요.

지금 이대로도 충분하고
무슨 일이 일어나도 괜찮고
어떤 역경에도 나 자신을
사랑하고 또 사랑해야 합니다.

지금 이대로 충분하다고 해서
아무것도 하지 않는 것이 아니라
실수를 해도, 넘어져도
나 자신을 사랑하면서, 나아가야 합니다.

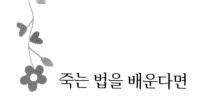

죽는 법을 배운다면

어떻게 죽어야 할지 배우면
어떻게 살아야 할지도 배울 수 있다네.
다시 말해 일단 죽는 법을 배우면
사는 법도 배우게 되지.
―『모리와 함께한 화요일』 중에서

죽기 전, 세상을 향해 마지막 편지를 남겨보세요.
어떻게 살아야 하는지를 배울 수 있습니다.

사랑하는 가족, 친구들아. 안녕.
삶 자체가 축복이었고
세상은 아름다운 곳이었구나.

자기 이익만 고집하기보다
베풀고 나누면서 선하게 산다면
인생은 더 풍요로워지리라.

순간순간을 충실히 살며

신나면 춤도 추고

비 오는 날엔 우산 없이 흠뻑 젖어도 보고

맨발로 흙길을 걸어보며

나무, 꽃, 풀 냄새도 가능한 한 많이 맡아보리라.

자신감은 어디에서 오는가

나는 힘과 자신감을 찾아
항상 바깥으로 눈을 돌렸지만
자신감은 내면에서 나온다.
자신감은 항상 그곳에 있다.
—안나 프로이트

자신감은 외부가 아닌
내면에서 나와요.

자신을 긍정적으로 보는지
또는 부정적으로 보는지
자신을 어떻게 바라보는지에 따라 달라지죠.

어릴 적 상처가 남아
스스로를 부정적으로 생각한다면
관점을 바꿔야 해요.

자기 자신을 사랑할지
자신에게 고통을 줄지는
자기 선택에 달려 있어요.

지금 여기에서 가만히
부정적인 생각을 돌아보면
그것은 그저 망상에 불과합니다.
자신감이 없을 이유는 하나도 없어요.

영혼의 정원

마음이 넓으면 어마어마한 부귀도
질그릇처럼 하찮게 보이고
마음이 좁으면 터럭처럼
사소한 일도 수레바퀴처럼 크게 보인다.
—『채근담』 중에서

마음은 영혼의 정원이라고 할 수 있어요.
영혼의 정원에 어떤 씨앗들을 심으셨나요?
분노, 질투, 비탄, 증오와 같은
잡초가 무성할 수도 있고
평화, 행복, 사랑, 친절, 감사와 같은
꽃과 나무들이 우거져 있을 수도 있겠지요.

잡초에게 이런 비유를 해서 미안하지만
아름다운 정원을 갖고 싶다면
그저 긍정의 씨앗을 심고
물을 주면 돼요.

어떤 씨앗을 심을지는 자신의 선택이고
어떤 씨앗이든지 계속해서 물을 준다면,
그 씨앗들은 무럭무럭 자라날 거예요.
당신의 영혼의 정원은 어떻게 꾸미고 싶으신가요?

건강 없이는 성공도 없다

사람이 만일 천하를 얻고도 자기 목숨을 잃으면
무엇이 유익하리오.
—「마가복음」8장 36절

톨스토이의 단편
「사람에게는 얼마나 많은 땅이 필요한가」를 보면
마을 촌장이 바흠의 호의에 보답하기 위해
그에게 원하는 만큼 땅을 준다고 해요.
바흠은 촌장이 제시한 조건에 맞춰
엄청난 땅을 차지하기 위해
욕심을 부리다 목숨까지 잃고 맙니다.
결국 그가 차지한 땅은 자기 무덤뿐이죠.

부, 지위, 권력을 좇아
무리하며 살다가 마침내 그 꿈을 이뤄냈다고 한들
건강을 잃으면 무슨 소용이 있을까요?
건강 없이는 성공도 있을 수 없습니다.

세상에서 가장 소중한 건,
바로 나 자신

흐르는 눈물, 누가 닦아줄까요?
—이문세의 노래 〈비 내리는〉 중에서

자신을 사랑하지 않으면
누가 사랑해줄까요?

자신을 알아주지 않으면
누구도 알아줄 수 없을 거예요.

자신의 인생은
자신만 알고 있기 때문이죠.

잘하든 못하든
스스로를 알아주고 사랑해주세요.

나를 향한 사랑은

가장 위대한 사랑,

그 사랑 변치 않아야 합니다.

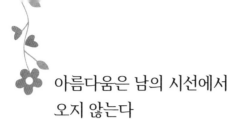

아름다움은 남의 시선에서
오지 않는다

아름다운 것들은 관심을 바라지 않지.
—영화 〈월터의 상상은 현실이 된다〉 중에서

〈월터의 상상은 현실이 된다〉라는 영화에서
선 오코넬이 눈표범의 아름다움을
카메라에 포착해 담으려 하지만
눈표범은 인기척이 느껴지자 바로 숨어버려요.
물론 인간의 의도를 모르기에
그런 예민한 반응을 보였을 테지요.
그런데 어쩌면 관심을 바라지 않는다는 것은
나 자신을 충분히 사랑하고
인정한다는 의미일 것입니다.

남의 관심과 인정을 받아야
가치 있는 존재가 되고

관심을 받지 못하면 쓸모없는 존재가 되는 걸까요?

무엇이든 생각하는 대로 보입니다.

자신이 존재하지 않으면

세상도 존재하지 않는다는 관점으로 바라보세요.

그러면 존재 자체만으로도 나는 소중한 존재이며

가치 있는 존재인 걸 알게 될 거예요.

사람들은 남에게 별 관심도 없거니와

내가 스스로를 인정하면

남의 관심과 인정을 바라지 않게 되고

그렇게 중요한 문제도 아니란 걸 깨닫게 되죠.

내면의 상처도 치유가 필요하다

흙에 새긴 글씨는 물에 젖으면 없어진다.
우리 내면의 상처도 부드럽게 다스리면 아문다.

—도교

몸에 상처를 입는 것처럼

마음도 똑같이 상처를 입고

몸이 다치면 치료를 받는 것처럼

마찬가지로 마음의 상처도 적절한 치유가 필요해요.

육체의 상처는 자연스레 회복되기도 하지만

정신적인 상처는 눈에 보이지 않지만

더 크고 깊을 수 있어요.

적절한 치유가 이뤄지지 않는다면

그 상처가 평생 이어질 수 있죠.

그러니 마음의 상처를

잘 어루만져야 해요.

자신의 의도와 무관하게
벌어진 일을
자신의 잘못인 듯 자책한다거나

자신에 대한 기준이 너무 높아
매번 자신을 채찍질하고 다그친다면
내면의 상처들은 더 곪아버릴 거예요.

나는 완벽하지 않다는 사실을 인정하세요.
때론 떨어질 수도 넘어질 수도 있습니다.
홀홀 털고 다시 일어나면 돼요.
그 누구도 완벽한 사람은 없습니다.

내면을 치유할 수 있는 방법은
바로 지혜이며
대상을 바라보는 관점의 전환입니다.

열망이 있어도 좋고 없어도 좋다

바라는 바를 지금 시작하면 안 되는 이유라도 있나요?
계속해서 안 되는 이유들을 찾아보면
진정으로 바라는 것이 아닌
욕심일 수 있습니다.

잠을 줄여서라도
시간은 만들 수 있고
다른 데 쓰이는 지출을 아껴서
비용을 마련할 수 있습니다.

세상에 힘들지 않은 일은 없습니다.

하지만 그런 계획이 없어도,
못 지킨다고 해도 괜찮습니다.
인생에서 꼭 무엇을 해야 한다고
정해진 것은 없으니까요.
나만의 인생 방식대로 살아가면 됩니다.

침묵이란

침묵은 끊임없는 언어다.
그것은 외면적인 언어에 차단당하는
가장 높은 차원의 가장 효과적인 언어다.
―스리 라마나 마하르쉬

조용히 눈을 감고

호흡을 들여다보세요.

내 몸에 힘이 들어가 있지는 않은지도 보고

들숨, 날숨을 지켜보는 거예요.

그러고는 마음속으로 조용히 이렇게 말해보세요.

내 마음이 편안해지기를.

내가 행복해지기를.

내가 평화로워지기를.

내가 온화해지기를.

그러면 어느새 편안, 행복, 평화, 온화가 깃들 거예요.

삶의 시각

삶을 바라보는 인간의 방식은
그의 운명을 결정한다.
—알버트 슈바이처

삶을 어떤 시각으로 바라보시나요?
고통이 가득한 곳으로 보일 수도 있고
경이로운 곳으로 보일 수도 있어요.

내 몸을 움직이고 싶은 방향대로 움직이는 것처럼
삶을 바라보는 시각도 눈에 잘 보이지는 않지만
바라보고 싶은 쪽으로 바라볼 수 있어요.

사랑하면

사랑하면 알게 되고, 알면 보이나니,
그때 보이는 것은 전과 같지 않으리라.
(知則爲眞愛 愛則爲眞看 看則畜之而非徒畜也)
―유한전(조선시대의 문인)

무언가 보이지 않던 것이 보인다면
그것을 사랑하게 되었는지도 모릅니다.
경험들이 쌓여 삶에 많은 변화가 일어날 거예요.

편안한 것이 최고

황금 의자와 광택 나는 탁자를 두고 골치를 썩이느니,
지푸라기 침상에 누워 두려움 없이 사는 것이 낫다.
—에피쿠로스

아끼는 구두를 신고 외출하면
나도 모르게 신경이 쓰입니다.
'더러워지지는 않을까' 하며
조심스럽게 걷게 되지요.
마음은 온통 구두를 향해 있어요.
주객이 전도된 것이나 다름없죠.

내가 신발을 신는 것이지,
신발이 나를 신는 게 아니니까요.
신경이 쓰이는 것보다는
더러워져도 상관없는 편안한 신발이 낫습니다.
그래야 마음도 편안할 테니까요.

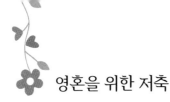

영혼을 위한 저축

마지막을 준비해야 할 시기는 분명히 온다.
그때가 되면 몹시 힘들 것이다.
어떤 사람들은 노후를 대비해 미리부터 저축한다.
그런데 왜 우리는 돈만큼 중요한 어떤 것,
영혼을 위한 저축은 하지 않는가.

—유진 오켈리

사람도 동물과 다를 바 없어요.
살기 위해서는 먹어야 하죠.

그리고 인간답게 살기 위해서는
잠잘 곳과 입을 옷이 필요하고
돈도 필요합니다.
그래서 사람은 저축을 합니다.

하지만 사람에겐 다른 것이 더 필요합니다.
지혜가 부족한 사람은

남과 끝없이 비교하며
상처를 받는다거나
실패를 경험했을 때
남보다 더 많이 힘들어 합니다.

인생에서 무엇이 중요한지
무엇을 잃어서는 안 되고
무엇을 남겨야 하고
어떻게 살아야 하는지
생각할 수 있는 능력을 기르려면
정신적인 저축이 필요해요.

지혜로운 생각을 차곡차곡 쌓아
어려울 때마다 슬기롭게 헤쳐 나가야
고통이 덜하고 마음이 편안해집니다.

금전적인 저축뿐만 아니라
정신적인 지혜도 같이 저축하여
행복한 인생을 만들면 좋겠습니다.

생각 찾기

사색은 지혜를 낳는다.
―관자

사색이란 무엇일까요?
사전적 정의는 '어떤 것에 대하여
깊이 생각하고 이치를 따지는 것' 이에요.
생각 사思, 찾을 색索.
한자로는 쉽게 말해서 '생각을 찾는다' 는 의미죠.

바다 위 표면에서 일렁이는 무수한 물결이 생각이라면
바닷속 깊은 수심에서 꺼낸 것이 사색이에요.
그래서 사색은 바람에도 흔들리지 않아요.
이런 과정을 통해 나온 사색은 지혜가 됩니다.

누군가 나보고 못생겼다고 말하면
당장 기분은 나빠질 수 있겠지만

외모에 대해 깊이 사색하는 시간을 가져보세요.
도리어 그렇게 말한 사람이 부족해 보인답니다.
나와 다른 사람의 기준은 다를 수밖에 없으니
전혀 기분 나빠 할 필요도 없습니다.

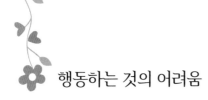

행동하는 것의 어려움

생각하는 것은 쉬운 일이다.
행동하는 것은 어려운 일이다.
생각하는 대로 행동하는 것은 더욱 어려운 일이다.
―괴테

행동이란 쉬운 일이 아니에요.
에너지가 크게 소모되는 일이죠.
사람은 본능적으로 편안함, 안전함을 추구하며
현실에 안주하기를 원해요.

여러 가지 이유가 있겠지만 뇌의 진화 관점에서 보면
지난 수십만 년 동안 인류가 살아남기 위해서
그래왔어요.

《린치핀》의 저자 세스 고딘은 이를 '도마뱀 뇌'라고
불렀어요.
이성적 판단보다는 생존 본능에 충실한 원시적 두뇌로

전문 용어로는 '편도체' 라고 하죠.

원시 시대 사람들이 만약 안전하게 있기보다
모험, 도전, 변화를 추구했다면
외부 위험에 쉽게 노출되어 생존하기 어려웠을 거예요.

그래서 두려움이라는 방어기제가
인간의 뇌에 프로그래밍 되어
생각은 쉽지만 행동이 어려워진 거예요.

하지만 그 어려움을 극복하고
편안함만을 좇는 행위를 멈추고
변화를 추구하기 시작하면
어떤 일이 벌어질까요?

TV에서 일본 라면을 먹는 방송을 보는 건 편하지만
일본 라면을 먹어보기 위해
일본에 가는 길을 알아보고 일정을 짜고
각종 숙박, 비행기 티켓, 버스 또는 기차 등을
예매하는 겁니다.

물론 시간과 돈과 에너지의 투자가 필요하겠죠.

그러나 직접 라면 맛을 먹어봄으로써 새로운

이야기가 생겨나고

경험들이 쌓여, 삶에 많은 변화가 일어날 거예요.

59

우리는 인터넷 속도만큼이나 삶의 속도를 제어할 수 없는 시대를
살고 있습니다.
그 때문에 다른 누구보다 나를 알아야 하는,
'나다움'의 중요성이 더욱 커졌어요.
내 인생의 가치관은 무엇인가? 내 삶의 방향은 어디인가?
정말 나다운 인생을 살기 위해 지금부터 나에게 말을 걸어봅니다.

2장 들여다보세요
'나'의 내면에 집중해보기

지금의 나

내가 너에게 소중한 비밀을 하나 가르쳐줄게.
지금의 너를 탄생시킨 것은 바로 너의 지난 모든 과거란다.
—생텍쥐페리의 「사막의 도시」 중에서

과거부터 지금까지 해온 생각이

현재의 자신을 만들었어요.

과거부터 지금까지 먹은 음식이

현재의 자신을 만들었어요.

과거부터 지금까지 듣고 보아온 것들이

현재의 자신을 만들었어요.

그래서 생각이, 몸에 영양소를 공급하는 음식이,

보고 듣는 주변의 환경이

자신을 만들어가고, 자신을 변하게 하기 때문에

무엇을 생각하고 듣고 보고 먹고 느끼는 건

대단히 중요한 문제예요.

세상에서 가장 강한 것

분명한 목표가 있는 인간의 의지를
이겨낼 수 있는 것은 아무것도 없다.
—벤저민 디즈레일리

세상에는 정신적인 법칙이 존재해요.
동서고금의 철학자, 과학자, 예술가, 기업인 들이
말한 명언을 찾아보면 모두 조금씩 표현만 다를 뿐
본질은 같아요.
어떤 고난과 역경에도 흔들리지 않는 의지가
있으신가요?

세상에서 가장 무겁다는 눈꺼풀을 들어올리고
새벽에 일어나 기도를 드릴 만큼 간절하게 바라는
그 무엇이 있으신가요?

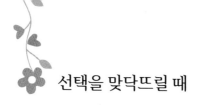

선택을 맞닥뜨릴 때

제 영혼은 스러져가고 있는데
남들한테 복음을 전하는 게 무슨 소용이란 말인가!
—헨리 나우웬, 『데이브레이크로 가는 길』 중에서

헨리 나우웬 신부는 하버드 대학 신학부에
적을 두고 강의를 하고 있던 때였습니다.

신부는 앞으로 강의를 계속할지에 대해
외부의 소리와 내면의 소리에
귀를 기울이며 깊이 고민하죠.
마침내 그는 내면의 소리를 따르기로 결정하고
하버드를 떠나요.

인생의 방향을 크게 바꾸는 결정일수록 선택이 어려워요.
하지만 그만큼 환희도 크죠.

인생은 선택의 연속이라고 해도 과언이 아닐 정도로
우리는 살아가면서 참 많은 선택들을 해요.

어느 한쪽을 선택해야 하는 갈림길에 서게 되면
확신을 얻고 싶어서
다른 사람에게 길을 묻기도 하죠.

하지만 우리는 이미 정답을 알고 있어요.
자기가 옳다고 생각하는 길을 선택하세요.
후회 없는 선택은 없어요.
결정을 내리는 순간 믿고 나아가야 해요.

선택은 자기 스스로 하는 것.
헨리 나우웬이 스스로 선택하고 환희를 느꼈던 것처럼
어렵더라도 내면의 목소리를 따라간다면
분명 값진 열매들을 맛볼 수 있을 거예요.

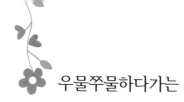

우물쭈물하다가는

우물쭈물하다 내 이렇게 될 줄 알았다.
—조지 버나드 쇼

무언가 미루는 데 익숙하신가요?
어쩌면 계속 미룬다는 것은
진정 원하지 않기 때문이에요.
하루하루가 모여 1년이 되고,
3년이 지나고 5년, 10년…….
그렇게 시간은 흘러갈 거예요.
미루는 것이 고민이라면 어떤 일을 하기 전에
이걸 하지 않으면 죽기 전에 후회하지 않을까
생각해보세요.
그럼 고민에 대한 답은 의외로 쉽게 나올지도 모릅니다.

매력이란

인간을 좋은 사람과 나쁜 사람으로
나누는 것은 무의미하다.
인간은 매력이 있는지 없는지,
둘로 나뉠 뿐이다.
—오스카 와일드

처음 본 순간의 외모는 오래가지 않아요.
하지만 매력은 계속 끌어당기는 힘이 있죠.

행복한 미소,
부드러운 표정,
진실한 태도,
맛있게 먹는 모습,
경청하는 자세,
지혜로운 마음…….

매력이라고 해서 대단한 것이 아니에요.

사소한 것들이 매력입니다.

당신의 매력은 무엇인가요?

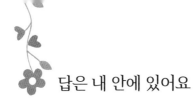

답은 내 안에 있어요

바깥에서 해답을 구하려고 하지 말라.
자신의 내면의 소리에 귀를 기울여라.
내 안의 고독을 응시하라.
가장 아름다운 것은 거기서 태어난다.
—라이너 마리아 릴케

자신을 제일 잘 아는 사람은
친구도, 부모도 아닌 바로 자신이에요.

다른 사람이 나를 더 잘 알 수는 없어요.

남의 조언에 따라 선택하기보다
나의 내면의 목소리에 귀 기울여
선택하는 것이
후회도 덜하고
책임감도 생겨요.

어쩌다 어른

> 우리는 우리가 어른이 되지 않으려고
> 도망치고 있다고 생각했다.
> 그러나 이제는 우리가 어른이 되어버렸다.
> —마거릿 애트우드

어른이 된다는 것은

냉혹한 자본주의 사회에 내던져져

스스로 돈을 벌어야 한다는 것을 의미해요.

때로 하기 싫은 일도 해야 하고

상사로부터 좋지 않은 소리를 들을 때도 있고

직장 동료와의 사이가 좋지 않을 수도 있죠.

돈을 벌어야 생존할 수 있는 자본주의 사회의 메커니즘,

인간이 자본주의라는 거대한 톱니바퀴 속

작은 부속품 하나에 지나지 않는 것처럼

느껴지기도 하지만,

에리히 프롬은 『자유로부터의 도피』에서

자발적 활동으로 자기 존재의 의미를 찾고

실현해야 한다고 말했어요.
어쩌면 생존이 전부인 것처럼 보이기도 하지만
자기 삶의 의미를 찾아낸다면 더 풍요로운
삶이 되지 않을까요?

최고의 야망

지금 나의 최고의 야망은 살바도르 달리가 되는 것.
—살바도르 달리

어린 시절, TV CF를 보며
연예인이 광고하는 제품과 옷을 사고,
가르마도 그와 같은 방향으로 넘기며
내가 아닌 그 사람이 되려고 한 적이 있어요.
내가 아닌 다른 사람이 되려고 한 시절이었죠.

각자 자기만의 취향과 스타일이 있어요.
무조건 다른 사람을 따라 하는 것은
자기에게 어울리지 않는 행동이에요.

내가 아닌 다른 사람이 되기보다,
나 자신이 누구인지 들여다보고
진정한 나 자신이 되세요.

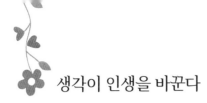

생각이 인생을 바꾼다

인생은 정해져 있지 않다.
물론 타고난 운명이 있을지도 모르지만
결코 바뀌지 않는 숙명은 아니다.
우리가 바꾸겠다고 생각하면 바뀌는 것이 운명이다.
―원료범, 중국 고전 『음즐록(陰騭錄)』 중에서

사람의 운명이 정해져 있다고 믿으세요?
지금 가는 길만이 정해진 나의 길은 아니에요.

현재 하는 일이 자신의 뜻과 맞지 않는다고
생각이 들면 이성계가 위화도 회군을 했듯이
전혀 새로운 길을 만들어갈 수도 있어요.

정해진 인생은 없어요.

누가 살아주지도 않고 대신 책임져주지도 않죠.
자신의 선택과 그에 따른 책임이 나의 길이죠.

청소의 힘

'당신이 살고 있는 방이 바로 당신 자신' 입니다.
—마쓰다 미쓰히로, 『청소력』 중에서

마쓰다 마쓰히로의 『청소력』이라는 책을 보면
'당신이 살고 있는 방이
바로 당신 자신' 이라고 해요.

당신의 마음 상태, 인생까지
방의 상태가 당신을 보여준다고 하지요.

실제로 책상 위가 어지러우면 정신이 산만해집니다.
어느 한곳에 집중하기가 쉽지 않죠.
하지만 청소를 하고 난 뒤 깔끔한 모습을 보면
기분도 좋아지고 집중도 잘돼요.

청소의 힘을 느껴보세요.

곧 자신이기도 한,

내 방은 지금 어떤 상태인가요?

능력보다 나를 잘 보여주는 것

우리가 가진 능력보다 진정한 우리를
훨씬 잘 보여주는 것은 우리의 선택이다.
—조앤 K. 롤링

우리에겐 선택의 자유가 있어요.
자신을 드러내는 건
자신이 한 선택의 결과예요.

내가 누구인지 알고 싶다면
지금껏 어떤 선택을 해왔는지
중요한 순간에 어떤 선택을 했는지
가만히 돌이켜보세요.
조금이나마 알 수 있을 거예요.

짜장면과 짬뽕이 있는데
짜장면을 선택한다면

나는 짜장면을 좋아하는 사람이에요.

사소하게는 음식 취향부터
나를 알 수 있습니다.

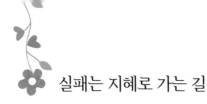

실패는 지혜로 가는 길

훌륭한 사람은 실패를 통해
지혜에 도달하기 때문에 훌륭한 것이다.
—윌리엄 사로얀

살다 보면 실패를 겪기도 해요.
자신은 다를 것 같고
특별할 것 같지만
인생이 뜻대로 되지만은 않아요.

소위 성공했다는 사람들의 겉모습은
화려해 보이고 실패란 없었을 것 같지만
그 이면을 살펴보면
그들도 실패를 겪었어요.

하지만 그들은 그 실패 속에서
원인을 파악하고

새롭게 배워서
더 나은 결과를 가져옵니다.

그러니 실패를 몇 번 했다고
인생이 끝난 듯이 여길 필요는 없어요.
다시 일어날 수 있느냐 없느냐는
자신의 의지에 달렸어요.

실패를 주변 환경 탓으로 돌리면
더 나아지는 건 없습니다.

자신에게 문제는 없었는지,
최선을 다했는지
노력 없이 요행을 바란 것은 아닌지
조용히 자기만의 공간에서
찬찬히 들여다보고

'나는 이 실패로부터 무엇을 배울 수 있을까?
물으면 당신은 이미 한 걸음 나아간 거예요.
우리는 실패를 통해서 성장하기 때문이죠.

그렇지 않으면 실패는 반복됩니다.
실패했다면 가슴이 아플 테지만,
그 원인을 나에게서 찾아보세요.

남이 뭐라고 해서 흔들린다면
꿈이 아니다

"누구도 너에게 '넌 할 수 없어' 라고 말하게 하지 마."
"그게 나라도 말이야, 알겠지?"
"꿈이 있다면 그걸 지켜야 돼."
"다른 사람들이 할 수 없는 걸, 너도 할 수 없다고 할 테니까."
"원하는 게 있다면 반드시 쟁취해. 반드시."
—영화 〈행복을 찾아서〉 중에서

영화 〈행복을 찾아서〉에서 크리스 가드너는 아들에게
농구를 자기처럼 못하게 될 것이라고 말해요.
그러자 아들은 아버지의 말에 실망해서 풀이 죽고 말죠.
크리스 가드너는 풀이 죽은 아들에게 위와 같이
말합니다.

우리에게 꿈이 있다면,
그리고 그 꿈을 이루고 싶다면
누군가 할 수 없다고 말해도,

반드시 지켜내야 해요.
부모님의 꿈을 강요당하고 있더라도
흔들리지 말고 내 꿈을 지켜야 합니다.
생각, 재능, 관심사가 다를 수 있으니까요.

어차피 이래도 힘들고 저래도 힘들 것이기에
내가 행복한 길을 선택하는 게 좋습니다.
힘들지라도 자신의 선택에는 책임감이 생깁니다.

성인에게는 남이 정해준 길을 따라야 할 필요도,
의무도 없어요.
자신의 인생을 주도적으로 선택할 권리가 있습니다.

비극적인 우아함을 안겨주는 것

우주를 이해하려는 노력은 인생을 웃음거리보다
좀 더 나은 수준으로 높여주는 몇 안 되는 일 중 하나이다.
이러한 노력은 인간의 삶에 약간은 비극적인 우아함을 안겨준다.
―스티븐 와인버그

우주의 역사에서 인류의 출현은

아주 사소한 사건에 불과해요.

알렉산더 대왕이 아무리 넓은 영토를 차지했다고 해도

우주의 시각으로 본다면 티끌과도 같죠.

그러니까 얼마나 많이 가졌는지가 아닌,

얼마나 많이 느꼈는지

얼마나 자기만의 고유한 가치를 실현했는지가

더 중요하지 않을까요.

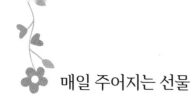

매일 주어지는 선물

왜 다시 과거로 돌아가서 살고 싶은가?
당신은 매일 아침 새로운 인생을 시작하고 있는데.
—로버트 퀼렌

오늘이라는 스케치북에 어떤 색을 칠할 건가요?

우울한 회색……

긍정적인 파랑……

따스한 노랑……

열정적인 빨강……

언제든지 내 감정의 색을 칠할 수 있다는 사실을

잊지 마세요.

나의 허락 없이는 어느 누구도 내 스케치북을

색칠하지 못해요.

색깔이 마음에 들지 않는다고 실망하지 마세요.

아직 남은 종이들이 있으니까요.

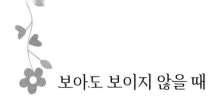

보아도 보이지 않을 때

마음이 거기에 있지 않으면 보아도 보이지 않으며,
들어도 들리지 않고, 먹어도 맛을 알지 못한다.
(心不在焉 視而不見 聽而不聞 食而不知其味 此謂修身在正其心)
—『대학』

마음을 현재에 두어야 삶의 순간들을
제대로 느낄 수 있어요.
먹으면서 다음 일을 생각한다거나
들으면서 다른 것에 신경 쓴다면
꽃밭에 있으면서 꽃을 보지 않는 것과 같아요.

자신의 생각이 지금 어디에 있는지 살펴보고
혹시 현재를 놓치고, 다른 생각이 들었다면
곧바로 이를 알아차리고 현재로 돌아오세요.

존재의 의미

내가 그의 이름을 불러 주기 전에는
그는 다만
하나의 몸짓에 지나지 않았다.
내가 그의 이름을 불러주었을 때
그는 나에게로 와서
꽃이 되었다.
―김춘수, 〈꽃〉 중에서

무엇이든 관심을 갖기 전까지는
의미 없는 존재예요.
관심이 없기 때문에 잘 보이지도 않죠.
하지만 관심을 두는 순간
비로소 의미를 가집니다.

책을 사놓고 책장에만 꽂아 둔다면
큰 의미를 갖기 어려워요.
하지만 책을 읽고 가슴에 와 닿는 구절에
밑줄 치고 필사도 하며 사색에 잠긴다면

그 책은 비로소 의미 있는 꽃이 됩니다.

여러분에게 존재의 의미를 갖는
꽃은 몇 송이인가요?

나만의 색깔

나무에 따라 꽃과 열매가 다르듯 사람의 재능도 저마다 다르다.
아무리 좋은 배나무라 할지라도 조그만 사과 하나를
맺을 수는 없는 일이다.
남의 흉내를 내는 것은 어리석다.
그대의 특성을 살리도록 노력해야 한다.
—프랑수아 드 라로슈푸코

〈어벤져스〉라는 영화를 아시나요?

마블 스튜디오에서 제작한 미국의 슈퍼히어로 영화예요.

영화 속 슈퍼 히어로들은 각자 자기만의 능력이 있어서

그 능력을 활용하며 이야기를 펼쳐 나가죠.

우리의 삶도 마찬가지예요.

영화 속 영웅들의 능력이 다르듯

우리 모두 각자 자기만의 고유한 능력, 재능이 있어요.

자기의 능력, 재능을 찾는 것이 어쩌면

인생의 숙명이기도 하죠.

벤저민 프랭클린도 이와 비슷한 명언을 남겼어요.

"인생의 진정한 비극은 우리가 충분한 강점을
갖고 있지 않다는 데에 있지 않고,
오히려 갖고 있는 강점을 충분히
활용하지 못하는 데에 있다."

당신의 강점은 무엇인가요?
어떤 것을 좋아하고 잘하시나요?

당신이 무엇을 좋아하는지
알고 계신가요?

당신이 무엇을 좋아하는지 깨닫고
당신이 좋아하는 일을 하세요.
당신이 좋아하는 일을 하지 않는다면
당신은 그저 시간을 낭비하고 있는 것입니다.
—빌리 조엘

혼히 "좋아하는 일을 찾아서 그 일을 하라"고 말해요.
그렇다면 좋아하는 일은 어떻게 찾을 수 있을까요?
좋아 보이는 것과 진정 좋아하는 것을 어떻게
구분할 수 있을까요?

음식점에 가면 다양한 메뉴들이 있어요.
메뉴판의 음식 사진 중에는
맛있어 보이는 것도 있을 테고
그렇지 않은 것도 있겠지요.

하지만 먹어보기 전에는 그 음식들의 맛은 알 수 없어요.

맛있어 보이지만 정작 내 입맛에는 맞지 않을 수 있으니
음식점의 다양한 음식들을 먹어봐야 해요.
먹어봐야 음식의 맛을 알 수 있고
가장 좋아하는 음식을 고를 수 있기 때문이죠.
끝까지 음미하지 않는다면 진짜 맛을 모를 수 있어요.

자신이 좋아하는 일을 찾는 과정도 이와 유사해요.
직접 해봐야 알 수 있어요.
그래서 다양한 경험이 중요해요.
그렇게 계속 맛보다 보면
서서히 내가 좋아하는 맛을 찾게 될 거예요.

# 진정한 삶

작은 변화가 일어날 때 진정한 삶을 살게 된다.
—레프 톨스토이

삶에 변화를 주는 것.

그건 하나의 예술이에요.

일상에서 배운 작은 가르침을

나의 삶에 적용해서 조그마한 변화를 일으킬 때,

아침 10분이라도 일찍 일어나

내가 내 삶을 사는 주도권을 갖게 될 때,

진정한 삶은 시작됩니다.

절실함은 성공의 어머니

외로운 신하와 서자로 태어난 사람은
그들의 마음가짐이 절실할 수밖에 없고
그 어려움을 극복하려는 생각이 깊을 수밖에 없다.
그러므로 그런 사람들은 남보다 뛰어난 사람이 되는 것이다.

—맹자

어려운 환경 속에 있다면
절박함, 간절함을 도리어 무기로 삼아보세요.
절박함만큼 강한 원동력도 없어요.
눈물 젖은 빵을 먹어본 사람만이
빵의 가치를 아는 것처럼
절박함과 간절함은 당신을 갈고 닦아줄 거예요.
이런 마음가짐으로 세상을 대하면
이루지 못할 건 없어요.

당신은 언제 행복한가요? 행복하기 위해선 무엇이 있어야 하나요?

돌아보면 행복은 왜 이렇게 이루기 힘들고,

유효기간도 짧은 것처럼 느껴질까요?

문제는 행복을 이루는 조건이 아니라,

행복을 느낄 수 있는 마음의 감각이 아닐까요?

모든 하루가 행복해질 수 있는 마음의 감각을 깨워봅시다.

3장 행복하세요

지금 행복할 수 있는 당신이
행복할 수 없는 까닭

只今, 知金

행복을 즐겨야 할 시간은 지금이다.
행복을 즐겨야 할 장소는 여기다.
—로버트 잉거솔

지금 행복할 수 없다면
나중에도 행복할 수 없어요.

행복은 무언가를 가져야만
얻을 수 있는 성질의 것이 아니에요.

지금 바로 여기에 머무를 수 있다면
그게 바로 행복이에요.

행복한 사람과 불행한 사람의 차이

불행한 사람은 갖지 못한 것을 사모하고
행복한 사람은 갖고 있는 것을 사랑한다.
—하워드 가드너

우리는 물건뿐만 아니라 관계에서도
곁에 머물러 있는 존재들을 쉽게 잊어버리곤 해요.
우리의 시선은 갖지 못한 것들에 쏠려 있죠.
우리에게 익숙하기 때문에 그런 것일지도 모릅니다.
하지만 내가 얼마나 많은 것들을 가졌는지
예전에 비해 얼마나 편리한 생활을 누리고 있는지
깨달으면 내 물건이 더 소중하게 느껴질 거예요.
마찬가지로 소중한 사람들이 곁에 있음을
자주 떠올리며 감사한다면
지금보다 더 행복한 사람이 될 수 있어요.

아름다운 얼굴

감사의 마음은 얼굴을 아름답게 만드는
훌륭한 끝손질이다.
-T. 파커

거창하지 않아도,
사소해도 괜찮으니
감사한 일들을 써보세요.

볼 수 있어서 감사합니다.
들을 수 있어서 감사합니다.
걸을 수 있어서 감사합니다.
일할 수 있어서 감사합니다.
일용할 양식을 주서서 감사합니다.
고통이라는 손님이 찾아와
깨달음을 주서서 감사합니다.

감사한 일들을 찾아보세요.

하나둘 찾다 보면

자신이 축복받았다는 사실을 알게 될 거예요.

볼 수 있다는 것의 기쁨

내일은 시력을 잃을지도 모른다는
생각을 하고 매일 살아간다면
평소에는 당연시 했거나 보지 못했던
세상의 경이로움을 새삼 발견하게 될 것이다.
—헬렌 켈러

헬렌 켈러는 평생 어둠 속에서 살아야 하는
장애를 안고 태어났습니다.
장애로 인해 힘들기도 했지만,
'나는 낙관주의자라서 행복하다' 라고 생각하며
용기를 가지고 어려움을 극복해나갔어요.
사흘만 눈을 뜰 수 있다면 무엇보다도
가장 소중했던 것들을
먼저 보고 싶다고 말하기도 했죠.
주변의 소중한 사람들, 집에 있는 그림, 충직한 개,
친근한 물건, 숲속 자연의 아름다움, 박물관,
영화, 공연, 사람들이 살아가는 모습……

누군가는 간절히 보고 싶어 하는 것들을
우리는 너무도 당연하게 여기고 있는지도 모르겠어요.
아마도 내 삶의 일부여서 소중함을 잠시
잊었던 것이겠지요.
가끔씩 이런 소중함을 잊을 때마다
평소의 시각에서 한 발짝 떨어져서
삶의 감사함, 축복을 느낀다면 좋겠어요.
우리가 만약 사흘만 볼 수 있다면,
여러분은 어떤 것을 가장 보고 싶으신가요?

삶의 불만족

지금 머무는 시간이 바로 현재예요.
그리고 우리는 다른 시대를 동경하지요.
상상 속의 황금시대. 현재란 그런 거예요.
늘 불만스럽죠. 삶이 원래 그러니까.
—영화 〈미드나잇 인 파리〉 중에서

삶은 늘 한결같이 행복할 순 없어요.

행복한 순간이 있더라도 무료함이

슬금슬금 자리를 차지하기 시작하죠.

무언가 소유하더라도 그 기쁨은 점차 줄어들고

새로운 욕구가 생겨나요.

사람은 현재에 만족하지 못해 과거를 미화시키기도 하죠.

하지만 소박한 기쁨, 작은 변화, 마음의 평화에

조금씩 초점을 맞춘다면

처음엔 마음에 들지 않던 것들도

점차 만족스러워지기 시작할 거예요.

만족을 위해서는 노력이 필요하죠.

그리고 인정해요.

삶은 원래 그런 것이라고요.

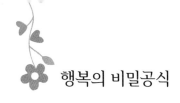

행복의 비밀공식

"너에게 행복의 비밀 공식을 알려주마.
그것은 네가 지옥 같다고 느낀 하루를
거의 변화 없이 똑같이 살아보는 거야.
몇 번씩 말이지."
—영화 〈어바웃 타임〉 중에서

우리는 영화 〈어바웃 타임〉의 주인공처럼
과거로 시간 여행을 할 수는 없지만
매일 반복되는 일상 속에서
삶에 작은 변화를 줄 수는 있습니다.
매일 같은 것을 보더라도
더 자세히 관찰해 새로운 것들을 찾거나
같은 방향만 보아 놓쳤던 것들에 시선을 두거나
어린아이에게 미소를 지어줄 수 있습니다.
시끄럽게만 느껴지던 소음을 한 번쯤은 즐겨보세요.
주말이 오기만을 기다리며
요일에 따라 기분이 바뀌고 있지는 않나요?

이제 내가 직접 나의 기분을 바꿔보세요.

영화 대사에 나오듯이,

행복의 비밀 공식을 알게 될 거예요.

노력하지 않아야 되는 것

행복을 찾아 노력하는 것을 멈춰라,
그러면 정말 행복해질 수 있을 것이다.
—이디스 워튼

행복해지기 위해 행복을 찾는다면 오히려

행복해질 수 없어요.

『죽음의 수용소에서』의 저자 빅터 프랭클은

인간이 행복을 목표로 삼으면 삼을수록

'행복의 추구' 그 자체가 그 꿈을 좌절시킨다고 했어요.

그저 배고픔을 달래기 위해

어떤 음식을 먹었을 때 느껴지는 만족감,

추운 겨울에 따뜻한 아랫목 이불 속에 손을 넣었을 때

느껴지는 따스함,

창가를 통해 들어오는 따뜻한 햇살,

햇빛이 강물에 반짝이는 아름다움을 볼 때의 평화.

행복은 이런 일상 속의 사소한 것들에서

오는 게 아닐까요?

행복할 이유가 있다면 자연스럽게 그렇게 되니

행복을 추구할 필요가 없어요.

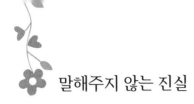

말해주지 않는 진실

누군가 우리 인생이 시작되는 그 순간에
우리가 죽어가고 있다고 말해주어야 한다.
그래야 우리가 인생을 철저히 살 수 있다.
매일 매분 매초를 가장 충실하게.
지금 당장 하라! 원하는 것이 무엇이든지 지금 하라!
내일이 되면 또 내일로 미루게 되니까.
―마이클 랜던

죽음을 피할 길은 없으며, 바로 이 때문에

현재를 살 수 있어야 해요.

틱낫한 스님은 "물 위를 걷는 것이 기적이 아니라,

현재에 존재하는?것이 기적이다 "라고 말씀하셨어요.

우리는 과거도 미래도 아닌, 바로 현재에 존재하고 있죠.

숨 쉴 수 있고, 맛볼 수 있고,

들을 수 있고, 느낄 수 있는 것도 오직 지금뿐이에요.

원하는 게 있다면 미루지 말고 지금 하세요.

초콜릿 아이스크림이 먹고 싶다면 지금 먹으세요.

해외여행을 가고 싶다면 은퇴를 기다리지 말고

지금 떠나세요.

시간이 지나면 또 다른 이유를 갖다 대면서

차일피일 미루다가 평생 떠나지 못할 수도 있어요.

사랑하는 사람들에게도 지금 사랑한다고 말하세요.

사랑한다는 말 한 마디 못 하고 헤어질지도 몰라요.

피할 수 없는 죽음과 언제 무슨 일이 생길지 모르는

상황에서 현재에 충실하고 감사하며 살아간다면

더 많은 기쁨이 함께할 거예요.

웃음은 강장제

웃음은 강장제이고, 안정제이며, 진통제이다.
— 찰리 채플린

사람의 표정 중에 미소,
웃음만큼 아름다운 게 또 있을까요.
심리학자 윌리엄 제임스(William James)는
"행복하기 때문에 웃는 것이 아니라
웃기 때문에 행복한 것이다"라고 말했어요.
우리는 이 땅에 잠시 머물다 갈 뿐이죠.
비애를 느낄 수밖에 없는 삶이지만
초연함을 잃지 않고,
웃을 수 있다는 건 멋진 일이에요.

축복받은 당신

살아 있는 모든 것은 성스러운 것.
그러므로 삶은 그 자체로 축복이다.
—윌리엄 블레이크

우리는 때론 잊고 살아가요.

우리 삶이 축복받았다는 사실을.

살아 있어서 사랑하는 사람을 볼 수 있고

살아 있어서 사랑스러운 목소리를 들을 수 있고

살아 있어서 맛있는 음식을 맛볼 수 있어요.

어떤 삶이든지 삶은 그 자체로 축복이에요.

인생은 경주가 아니에요

인생은 경주가 아니다.
누가 1등으로 들어오는지에 따라
성공을 가늠하는 경기가 아니다.
당신이 얼마나 의미 있고
행복한 시간을 보냈느냐가
바로 인생의 성공 열쇠다.
—마틴 루터 킹

우주에서 우리 인생을 바라본다면
1등은 그리 중요한 것이 아닙니다.
각자 인생의 속도가 다를 뿐이지요.

1등이 중요하다고 의미를 부여하는 순간
1등이 아닌 나머지는 중요하지 않다고 여기게 되죠.

1등에 집착하게 되면
어떤 일도 즐길 수가 없어요.
1등을 유지하기 위해

안간힘을 쓰게 되고
결국 인생은 허무해질 뿐이에요.

남과 비교하여 줄 세우는 등수 매기기.
잠깐 머물다 가는 소중한 인생인데
마음만 괴로워질 뿐입니다.

행복의 비밀

행복의 비밀은 당신이 무엇을 잃었는가가 아니라
무엇을 얻었는가를 기억하는 데 있소.
당신이 얻은 것이 잃은 것보다 훨씬 많다는 걸
기억하는 일이오.
—류시화, 『지구별 여행자』

관점을 조금만 바꿔 삶을 바라보면

우리는 아무것도 가지고 태어나지 않았기 때문에

아무것도 잃은 것이 없어요.

지구별에 여행을 온 사람처럼

그저 배우고, 깨달음을 얻을 뿐이죠.

사랑하는 사람을 잃었을 때도

마음이 아파 뜨거운 눈물이 흐르겠지만

그 사람과의 추억을 생각한다면

그 추억을 얻은 것이에요.

진정한 부자

욕망의 끝은 어디일까요?
간절히 바라던 것을 얻으면 행복해질까요?
부의 기준은 얼마일까요?

하나의 욕망이 채워지면
또 다른 욕망이 생기고
이를 반복하면 욕망의 끝은 없어요.

아무리 재산이 많다고 해도
자기보다 많은 사람 앞에서는
부족하게 느껴집니다.

그래서 만족할 수 있어야 해요.

재산이 많고 마음이 괴로운 것보다는
재산이 적어도 마음이 편안한 게 낫습니다.

생각의 차이

다른 이의 영토를 보지 않는다면 부는 어리석음을 파괴한다.
부에 대한 갈망 때문에 어리석은 자는 스스로를 파괴한다.

—『법구경』

호주 서쪽에서 약 한 달 동안 홈스테이를 하며
지낸 적이 있습니다.
어느 날 저녁, 호스트 내외분과 식사를 하며
문득 궁금해진 점을 물었어요.
"왜 서쪽 호주 도심의 가게들은
금요일, 토요일 저녁 6시만 되어도
모두 문을 닫는 거예요?
왜 돈을 더 벌려고 하지 않나요?
호주 사람들은 무엇이 다른 거죠?"
"그건 살면서 돈이 얼마나 필요하냐에 달려 있지."

파란 지구별

나 하늘로 돌아가리라
새벽빛 와 닿으면 스러지는
이슬 더불어 손에 손을 잡고

나 하늘로 돌아가리라
노을빛 함께 단둘이서
기슭에서 놀다가 구름 손짓하며는

나 하늘로 돌아가리라
아름다운 이 세상 소풍 끝내는 날,
가서, 아름다웠더라고 말하리라.

—천상병, 〈귀천〉 중에서

언젠가 삶이 끝나리라는 것을
진심을 다해 가슴으로 느낀다면
모든 순간들이 아름다워집니다.

오늘 하루의 생각

인생은 우리가 하루 종일 생각하는 것으로 이루어져 있다.
—랄프 왈도 에머슨

사람은 하루에 5만 4천여 가지의 생각을 한다고 해요.
하지만 그 수많은 생각들 중 대부분은
지나간 과거, 아직 오지 않은 미래에 대한 것들입니다.
쓸데없는 걱정 속에 빠져 있다면 괴로울 뿐이에요.

생각에 끌려가게 그냥 내버려 두는 것이 아니라
주의를 기울여 지금 이 순간에 머물면
허상에서 오는 고통에서 벗어날 수 있어요.

인생은 생각들이 모여 만들어지죠.
오늘 하루는 생각이 어디에 가 있었나요?

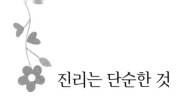

진리는 단순한 것

진리는 단순한 것이오.
'마살라 도사'를 먹을 때는 '마살라 도사'만 생각하고
'탄두리 치킨'을 생각하지 말 것
그렇게만 할 수 있다면
당신은 어디서 무엇을 하든 행복할 것이오.
　　　　　　　　　　　　—류시화, 『지구별 여행자』

먹기 명상이라고 들어보셨나요?

어떤 음식을 먹기 전에

천천히 모양을 살펴보고

냄새도 맡아보고

소리를 들어보기도 하며,

입술로 음식의 촉감까지 느껴

오감으로 음식물을 음미하면서 먹는 것인데요.

이렇게 한번 음식을 먹어보세요.

'지금 먹고 있는 음식의 참맛을

온전히 느껴보겠다' 라는 생각으로요.

잘 느껴지지 않는다면
눈을 감고 먹어보세요.

이전까지는 다른 생각을 하거나
허겁지겁 시간에 쫓겨 먹느라
미처 느끼지 못했던
새로운 맛들이 느껴질 거예요.

그 순간, 놀라움과 평화로움이
동시에 가득 전해집니다.

지금까지 이 순간 속에 살지 못해
얼마나 많은 것들을 놓쳤을까요.
지금 이 순간에 머무는 것.
그것이 바로 행복의 핵심입니다.

관심은 행복의 길

관심은 진실한 삶으로 향하는 길이고
무관심은 죽음으로 향하는 길이다.
때문에 관심을 가진 사람은 죽지 않고
관심이 없는 사람은 이미 죽은 것이다.
—『법구경』

매사에 무관심하다면

바다 위에 물병이 떠다니듯

표류하는 삶을 살게 돼요.

하지만 관심을 갖고 주변을 보면

지루한 삶에 활기가 돌기 시작해요.

얼굴에 생기가 돌고, 눈이 반짝반짝 빛나죠.

또한 관심이 있으면 재미가 생겨요.

몰입하게 되고 행복한 감정을 느낍니다.

재미있어 계속 하다 보면 실력도 쌓여

더 잘 알게 되고 더 잘하게 되는 것이죠.

재미가 지속하게 해주는 원동력이에요.

반대로 관심이 없으면 재미도 없어요.
몰입의 경험, 기회, 행복을
느낄 가능성 또한 적어지게 되죠.

무관심하다고 해서 의미 없는 인생은 아니지만
행복과 재미를 느낄 기회를 놓치는 건 사실이에요.

마음에 이끌리는 것을 따라가 보세요.
혹시 아나요?
따라가다가 나의 길을 찾게 될지도.

지금 이 순간

지금 이 순간을 살아라.

—에크하르트 톨레

바람이 느껴지시나요?

아무것도 필요하지 않은 그 순간.

그저 존재만으로 충만한 그 순간.

살아 있음이 기적으로 느껴지는 그 순간.

살며시 미소 지으며 말해요.

행복은 언제나 내 곁에 있었다는 것을요.

감정도 선택이다

내 기분은 내가 정해.
오늘은 '행복' 으로 할래!
—『이상한 나라의 앨리스』 중에서

한번 환하게 미소 지어보세요.

웃음도 나의 선택인 것처럼

감정도 마찬가지입니다.

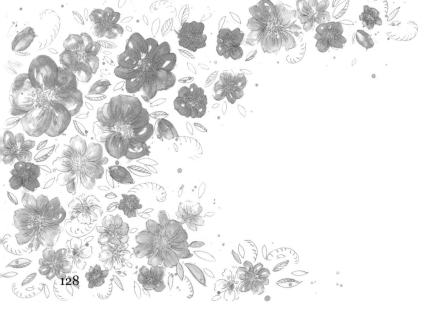

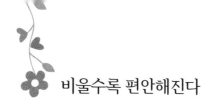

비울수록 편안해진다

거의 모든 것을 버린 완전한 단순함의 상태에서
비로소 모든 것이 평안할지니.
—T. S. 엘리엇

어린아이가 나비를 쫓는 모습처럼,
우리에게도 하루하루 그저 행복한 시절이 있었습니다.

하지만 점점 나이가 들어
사회생활을 시작하고,
신경 쓸 일이 많아집니다.

자본주의 시대를 살며
마치 무엇을 소유해야 행복한 것처럼
수많은 광고의 유혹을 받고 있죠.

착각과 혼란 틈에서 헤매지 않도록

삶의 본질은 무엇인지,
살아가면서 정말 필요한 것들은 무엇인지
잠시 걸음을 멈추고 어지럽고 바쁜 마음을
내려놓는 연습이 필요합니다.

불필요한 물건들을 정리하면
공간이 넓어지고 깨끗해지는 것처럼
마음의 욕심도 버리면 버릴수록
점점 더 편안해질 거예요.

행복은 나비다

행복은 나비다.
당신이 쫓아다니면 늘 잡을 수 없는 곳에 있지만
조용히 앉아 있으면 당신에게 내려앉을지도 모른다.
—호손 나다니엘

너무 행복하려고 하지 말아요.

행복을 찾으려고 하면

역설적이게도 행복은 달아날 뿐이에요.

공부하기 싫었던 중?고등학교 시절에는

대학에만 가면 행복이 시작될 줄 알았어요.

하지만 대학에 진학하니 취업이 걱정이고

취업하고 나니 일이 적성에 맞지 않아 걱정이고

나이가 들면 결혼 걱정도 생기고

결혼 후에는 자녀 교육이 걱정이고

은퇴 이후의 삶도 걱정이고

걱정은 끝이 없죠.

결국 현재를 잘 살아내야 해요.
힘든 순간이 지나간다고 해서
행복이 시작되는 게 아니에요.
저 먼 곳을 바라보면서 살면
정작 그곳에 이르렀을 때
허무한 감정만 느낄 뿐이죠.

지금 이 순간 무엇이 보이고
무엇이 들리고 느껴지는지,
매 순간 살아 있을 수 있다면
바로 거기에 행복이 있을지도 몰라요.

비움의 역설

사람과의 관계에서
나이, 외모, 학력을 따지지 않고
그 사람만을 보면
모든 사람이 관계의 범위에 들어오는 것처럼

갖고 싶은 마음을 놓아버리면
전부 내 것이 됩니다.

더 넓은 하늘과 땅, 바다가 눈에 들어오고
세상 모든 게 내 것이 됩니다.

삶의 기대치를 낮추고

욕심을 내려놓으면

조금 더 행복해지지 않을까요.

굴곡진 길이기에 아름답다

이 슬픈 세상에서 슬픔은 누구에게나 찾아온다.
슬픔을 완전히 해소할 수 있는 방법은 시간밖에 없다.
사람들은 시간이 지나면 괜찮아질 것이라는 사실을
당장에는 깨닫지 못한다.
그러나 이것은 실수다.
우리는 반드시 다시 행복해진다.
—에이브러햄 링컨

밥벌이는 분명 고단한 일입니다.
때로는 원치 않는 일도 해야 하고
때로는 상처도 받지요.
하지만 죽음이 있어 삶이 소중한 것처럼
고단함 덕에 밥벌이의 소중함을 알게 됩니다.
밥벌이를 하지 못한다면 고단함도 없을 테니까요.

힘든 시기는 반드시 지나갈 테고
행복한 시간은 또 오기 마련입니다.

누구나 자존감은 높아질 수 있다

스스로를 존경하면
다른 사람도 당신을 존경할 것이다.
—공자

공연히 스스로를 못났다거나
부족하다고 생각하면
자존감은 낮아집니다.
불행한 오리나 우울한 두더지가 없는 것처럼
당신은 지금 모습 그대로도
충분히 괜찮은 사람입니다.

 Life

태양이 있는 한 절망하지 않아도 된다.
희망이 곧 태양이다.
—어니스트 헤밍웨이

무료함에 초점을 맞추기보다는
지금 이 순간을 즐기기를,
타인의 손에 이끌려 다니기보다
내가 선택한 길을 걷는 주체적인 삶을 살기를,
비관하고 좌절하기보다 꿈과 희망을 갖고
기대되는 삶을 살기를.
삶 자체가 바로 선물입니다.

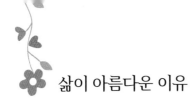

삶이 아름다운 이유

감동이 사라지는 순간
삶은 그만큼 삭막해진다.
감동이 있으므로 삶이 아름다운 것이다.
—G. E. 레싱

삶에 감동이 없다면
무엇이 남을까요.

뭉게구름 하나에도
감탄할 수 있다면
수많은 것들이 아름다움으로 다가올 거예요.

부유한 사람

> 이 세상에서 부유한 사람은 상인이나 지주가 아니라
> 밤에 별 밑에서 강렬한 경이감을 맛보거나
> 다른 사람의 고통을 해석하고 덜어줄 수 있는 사람이다.
> ─알랭 드 보통

돈이 많다는 이유 하나로
사람들이 따른다면 얼마나 슬플까요.
돈을 잃으면 모두가 떠나버릴 테니까요.
돈이 많아도 밤하늘의 경이로움을
느끼지 못한다면 얼마나 슬플까요.
돈이 줄 수 없는 즐거움을 놓칠 테니까요.

좋고 나쁨의 분별

세상에는 좋은 것도 나쁜 것도 없다.
단지 생각에 따라 좋고 나쁨이 결정된다.
—셰익스피어

세상은 가만히 있는데
세상이라는 그 길 위에 내 생각, 마음, 감정이 덧칠해져
좋고 나쁨이 갈라져요.
아침에 지저귀는 새소리가 달콤한 노랫소리로
들릴 때도 있지만
소음으로 들리는 날도 있겠죠.
새소리는 그냥 그대로 변함없이 들렸을 뿐인데 말이죠.

우리의 생각으로 세상을 천국으로도
또는 지옥으로도 만들 수 있어요.

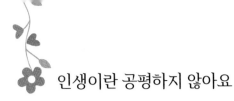

인생이란 공평하지 않아요

인생이란 결코 공평하지 않다.
이 사실에 익숙해져라.

—빌게이츠

인생은 공평하지 않아요.
누구는 좋은 가정, 좋은 환경에서 부자로 태어나고
누구는 그렇지 못하죠.

하지만 인정할 건 인정해야
그다음 단계로 나아갈 수 있어요.

현실을 거부하며
신세 한탄이나 불평, 불만을 쏟아낸다면
현재 상태에 머물 수밖에 없죠.

현재 상태에 머물 것인지,

의지를 갖고 환경을 바꿔나갈 것인지는
우리의 선택에 달려 있어요.

불평, 불만만 늘어놓을 것이 아니라,
'그래서 어떻게 살 것인가'가 중요해요.

세상은 공평하지 않다는 사실을
인정하고 싶진 않겠지만
이 불편한 진실을 받아들여야
나의 길을 찾아 떠날 수 있어요.

꽃잎 같은 고통

인생은 폭풍이 지나가기를 기다리는 것이 아닙니다.
빗속에서의 춤을 배우는 것입니다.
—비비언 그린

인생을 살면서 고통을 피할 수는 없어요.

하지만 고통을 겪더라도

고통과 나 자신을 하나로 보지 말고

고통 그 자체를 한걸음 떨어져 바라볼 수 있다면

꽃잎이 茶에 향기를 더하듯이

고통이 삶을 조금 더 부드럽게 만들어줄 거예요.

평생 쫓아오는 것

허공이나 바다 한가운데 또는 산속 동굴이라 해도
죽음에서 벗어날 장소는 그 어디에도 없다.
—『법구경』

시간이라는 강물이 흐르고 흘러

살면서 차곡차곡 쌓아올린 것들과

행복했던 순간들을 조금씩 멀어지게 합니다.

무엇이든 영원한 것은 없습니다.

이는 과거에 매달리지도 집착하지도 말라는

뜻이 아닐까요.

내 것이란 없다

공수래공수거(空手來空手去)
—『정산종사법어』〈생사편〉 9

우리는 빈손으로 태어났고, 빈손으로 돌아갑니다.

아무리 재산이 많아도,
신과 같은 권력을 가지고 있어도,
세상 사람들로부터 존경과 사랑을 받더라도
돌아갈 때는 모두 내려놓고 가야 해요.

그래서인지 무언가에 열중하다가도
어느 날은 문득 그것이
그리 중요하지 않아 보이기도 합니다.

잃는 것은 없어요.
다만 잠시 얻었다가 돌려줄 뿐입니다.

'작심삼일'이란 굴레에서 자유로울 수 있는 사람은 얼마 없을 거예요.

인생이란 서투르고 불완전한 것이라며 초심을 잃지 않으려는

마음가짐만 잃지 말라고도 합니다.

하지만 한 번뿐인 인생이기에 우리가 정말 잃지 말아야 할 생각과

다짐들이 있습니다.

그것이야말로 서툴고 불완전한 우리 인생에 의미를 불어넣어주고

행복을 선사합니다.

4장 새겨보세요

지쳐 있거나 망설이고 있는 당신을
일깨우는 생각의 힘

왜 하는가

어떤 일을 할 때
무작정 시작하기보다는
그 일을 왜 하는지에 대해 우선
파악해보는 것이 중요해요.

왜 내가 이 일을 해야 하는지,
무엇을 위해 해야 되는지,
이 일의 의미는 무엇인지…….

이런 질문을 하지 않으면
마음속에 동기가 없고
지속하는 힘이 부족해

도중에 그만두게 될 공산이 커요.

책 한 권을 읽더라도 이유가 있어야 해요.
그렇지 않다면 책 한 권도 쉽게 포기하게 돼요.

평범한 날에도

평범한 날이여, 그대의 귀한 가치를 깨닫게 하여라.
—메리 J. 아이리언

아침에 일어나면
오늘 하루는 무엇을 배울 수 있을지
무슨 일이 일어날지 기대해보세요.
그렇게 하면 그날 하루는 무엇이든
얻는 게 있을 거예요.

어떻게 생각하느냐에 따라,
그날 하루가 달라집니다.

하기 싫은 일을 떠올리며
하루를 어떻게 버틸지 생각하면
그날 하루는 지루해질 뿐이죠.

숲속의 잔잔한 호숫가에 비치는 풍경처럼
세상은 우리가 생각하는 것과 느끼는 감정이
그대로 투영되어 보입니다.

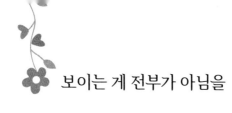

보이는 게 전부가 아님을

행복의 한쪽 문이 닫히면 다른 문이 열린다.
그러나 우리는 흔히 닫힌 문을 오랫동안 보기 때문에
우리를 위해 열려 있는 다른 문을 보지 못한다.
—헬렌 켈러

무언가를 잃었을 때
잃은 것만 바라보고 있다면
새로 얻은 것을 보지 못해요.

결핍의 힘

램프를 만든 것은 어둠이었고,
나침반을 만든 것은 안개였고,
탐험을 하게 한 것은 배고픔이었다.

—빅토르 위고

결핍이 꼭 나쁜 것만은 아닙니다.
결핍은 날 움직이게 하는 원동력이 될 수 있어요.

내 마음의 물

물은 만물의 근원.
모든 것은 물에서 시작하여 물로 돌아간다.
—탈레스

물은 유연하게 모든 모양새를 포용해요.
내 마음에 물은 얼마나 있나요?

멀리 보라

구름 아래는 흐리고 우중충한 날씨여도
구름 위에는 푸른 하늘이 펼쳐져 있습니다.

인생도 이와 비슷합니다.
직장, 가정, 이런저런 모임들 안에서
마음 부대끼는 일을 겪기도 하지만
저 멀리 우주적인 관점에서 보면
아주 사소한 일일 뿐이고
그것조차 추억이자 희극일 뿐이죠.

언제나 구름 위는 맑다는 사실을 잊지 말아요.

생각의 힘

지금 당장 이 세상에 작별을 고하지 않으면 안 되는 것처럼
남겨진 시간을 뜻밖의 선물로 알고 살아라.
—마르쿠스 아우렐리우스

가끔 일상이 지루하고 무료하게 느껴질 때가 있어요.
지루하다고만 생각하면 점점 더 무기력해질 거예요.
우리는 모두 언젠가 떠나야 한다는 진실을 생각하세요.
무료한 시간조차 소중하게 느껴질 거예요.
어떻게 생각하느냐에 따라 우리의 태도는 달라져요.

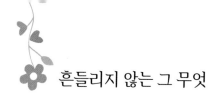

흔들리지 않는 그 무엇

당신이 진정으로 믿는 일은 반드시 이루어진다.
그 믿음이 그것을 실현시킨다.
—프랭크 로이드 라이트

바람이 아무리 세차게 불어도
신념까지 흔들 수는 없어요.

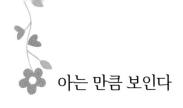

아는 만큼 보인다

호레이쇼,
천지간에는 자네의 철학으로 상상하는 것보다
많은 것들이 있다네.
—〈햄릿〉 중에서

눈에 보이는 것이 전부라고

성급한 일반화의 오류를 범하지 말아요.

세상에는 과학이 밝혀내지 못한 신비가 존재해요,

그뿐만이 아니죠.

우리가 여태껏 접하지 못한 위대한 사상,

가보지 못한 곳의 문화, 생활, 풍경까지.

세상은 넓고, 우리가 모르는 것들이 아직 많아요.

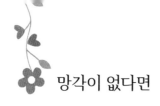

망각이 없다면

무수한 망각 없이는 인생을 살아갈 수 없다.

—발자크

시간이 지날수록
기억해야 할 정보들을
잊어버리곤 하지만
망각은 한편으론
우리가 살아갈 수 있게 도와줘요.

상처받아 마음 아픈 기억,
살면서 겪은 수많은 고통들을
매일 생생히 기억한다면
우리는 살아갈 수 없을 거예요.

낭비한 시간에 대한 후회

낭비한 시간에 대한 후회는 더 큰 시간 낭비이다.
—메이슨 쿨리

잘못한 선택에 자책하지 마세요.

그 당시엔 그게 최선의 선택이었으니까요.

후회해봤자 시간 낭비일 뿐이에요.

'왜 그랬을까? 보다는

'앞으로 어떻게 할까? 라고

계획을 세워보는 게 더 의미 있고 생산적이에요.

역사를 배워야 하는 이유

역사를 기억하지 못하는 자
그 역사를 다시 살게 될 것이다.
—조지 산타아나

왜 역사를 알아야 할까요?
역사를 알아야 하는 이유는
과거에 일어났던 일들이
현재 그리고 미래에도
되풀이되기 때문이에요.

과거는 그 당시의 현재였고,
현재는 그 당시의 미래였죠.
과학의 발달로 기술적인 진보를 이뤘지만
인간의 기본 욕구들은 예전 그대로예요.

이기심, 권력, 탐욕, 질투, 배신, 삶, 죽음, 사랑······.

이 모든 것들은 계속 반복되고 있어요.

그래서 미래를 알고 싶은 자는 역사를 알아야 하고

더 멀리 보고자 한다면

더 먼 과거의 역사까지 알아야 해요.

살아온 날들을 보면

앞으로 살아갈 날들도 보이기 마련이에요.

본질 바라보기

현상은 복잡하지만 본질은 단순하다.
—아리스토텔레스

현상은 여러 가지 모습으로 나타나요.
하지만 본질은 언제나 단순하죠.
이를테면 누군가를 사랑할 때 본질은 사랑이에요.

하지만 사랑하기 때문에 나타나는 현상들은
여러 가지 모습을 띠죠.

꽃을 선물한다거나 편지를 쓴다거나
감동적인 이벤트를 준비한다거나 등등
언행과 표현이 서툴러도
누군가를 위하는 그 마음,
사랑이라는 본질이 보이시나요?

배고픔

음식을 가장 맛있게 먹는 방법은
몹시 배고픈 상태에서 먹는 것입니다.
극도로 배고플 땐 하찮은 음식조차
무척 소중하게 느껴지죠.

또한 배고픔은 무언가에 대한 열망을
지속시키는 힘이 되기도 합니다.
간절해야 얻을 수 있는 법이죠.

배고픔이 곧 원동력이며
뼈를 깎는 노력 끝에 얻은 결과는 더 달콤합니다.

기다림의 미학

어떻게 기다릴지 아는 자에게
적절한 시기에 모든 것이 주어진다.
—빈센트

누군가에게 화나고 짜증 날 때
마음이 가라앉을 때까지 조금만 기다린다면,
내가 원하고자 하는 위치에 도달할 때까지 기다린다면,
상대가 마음을 열기까지 기다린다면,
그릇에 물이 가득 찰 때까지 기다린다면
그토록 바라던 순간들이 천천히 다가올 거예요.
그러니 너무 조급해하지 말아요.

질투는 곧 장님

질투는 천 개의 눈을 가지고 있지만
올바로 볼 수 있는 눈은 하나도 없습니다.
—『탈무드』 중에서

누군가 나를 질투하는 사람이 있다면
그 사람이 미워지고 마음에도 상처를 받겠지만
사실 상대방은 내가 더 뛰어나서 질투라는
감정을 느껴요.

두려움이 없는 건 아니다

용기란 두려움에 대한 저항이고, 두려움의 정복이다.
두려움이 없는 게 아니다.
—마크 트웨인

중세 전쟁 영화를 보면
전쟁하기 직전 양측 군대가 진열을 갖췄을 때
장수가 앞으로 나와 두려움에 떠는 병사들의
사기를 북돋아주는 장면이 나와요.
장수의 말 한 마디 한 마디에,
병사들의 두려움은 용기로 바뀌고
의욕과 자신감이 넘치며 사기가 하늘을 찌르죠.

이처럼 우리의 미래도
그 불확실성 때문에 두려울 때가 많지만
용기란 두렵지 않은 마음이 아니라
두려움을 극복하는 힘이에요.

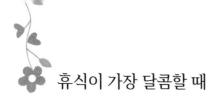

휴식이 가장 달콤할 때

노동 뒤의 휴식이야말로
가장 편안하고 순수한 기쁨이다.
— 칸트

운동하지 않고 휴식을 취하는 것과
땀 흘리며 열심히 운동한 뒤의 휴식은 달라요.

힘들게 일하고 휴식이 간절할 때 쉬어야
그 순간이 꿀맛처럼 느껴지지요.
힘들기 전에는 휴식의 기쁨은 크게 다가오지 않아요.

169

실천하지 않는다면

누구나 좋아할 만한 아름다운 꽃이
빛깔만 곱고 향기는 없는 경우처럼
좋고 아름다운 부처님 말씀도 이와 같아서
실천하지 않으면 어떤 이익도 얻을 수 없다.
(如可意華 色好無香 工語如是 不行無得)
—『법구경』〈화향품〉 9장

책, 강의, TV, 라디오 등
다양한 매체를 통해 새로운 것들을 배워도
이를 실천하지 않으면 의미가 없어요.
변화가 없다는 것은 새로 배운 것들,
알게 된 것들을 삶에 적용하거나
실천하지 않는다는 의미예요.
그저 겉보기에 노력하는 것처럼 보일 뿐이죠.
배운 것을 현실에 적용해야만 변화가 생겨요.

정리 전문가의 강의를 들은 이후에도
여전히 제 방은 엉망이에요.

강의만 듣고 실천에 옮기지 않았기 때문이죠.
변화가 일어나려면 실천을 해야 해요.
장자도 이런 말을 했어요.
"『논어』를 읽기 전이나 읽은 뒤가 똑같다면
그는 『논어』를 읽지 않은 것이다."

진국

자세히 보아야 예쁘다.
오래 보아야 사랑스럽다.
너도 그렇다.
—나태주, 〈풀꽃〉

사람은 겉모습만 보고
알 수 없는 것처럼
눈에 보이는 것이 전부가 아닙니다.

성격이나 가치관, 마음의 온도는
오래 보아야 드러나듯이

무엇이든지 자세히 보아야,
또 오래 보아야
드러나는 것들이 있어요.

172

작은 일도 무시하지 말아요

작은 일도 무시하지 않고 최선을 다해야 한다.
작은 일에도 최선을 다하면 정성스럽게 된다.
정성스럽게 되면 겉에 배어나고
겉에 배어나면 겉으로 드러나고
겉으로 드러나면 이내 밝아지고
밝아지면 남을 감동시키고
남을 감동시키면 이내 변하게 되고 변하면 생육된다.
그러니 오직 세상에서 지극히 정성을 다하는 사람만이
나와 세상을 변하게 할 수 있는 것이다.

—『예기』〈중용〉 23장

중요한 것은 마음가짐이에요.

작은 일도 큰일처럼 여기는 마음.

정성을 들여 혼을 바치는 마음.

비록 사소하거나 작은 일도 그렇게 할 수 있다면

'하늘은 스스로 돕는 자를 돕는다'는 말이 있는 것처럼

굳이 남에게 알리거나 보이지 않아도

누군가는 감동하고

그 감동을 통해 세상을 변화시킬 수 있습니다.

자연의 이치

너무 빨리 무엇을 이루려 하지 마라.
조그만 이익에 너무 연연하지 마라.
무리하게 빨리 무엇인가를 이루려 하면
목표에 도달하지 못할 것이다.
조그만 이익에 연연하면 큰일을 이루지 못할 것이다.

—공자

심자마자 피는 꽃은 없어요.

호수는 갑자기 만들어지지 않아요.

물 한 방울에 깎이는 돌은 없어요.

언제나 큰 것은 작은 것부터 시작한다는

자연의 이치를 잊지 말아요.

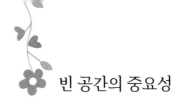

빈 공간의 중요성

그릇은 비어 있어야만 무엇을 담을 수 있다.

—노자

자신의 무지를 알아야 무엇인가를 배울 수 있어요.
이미 안다고 생각하면 배울 수가 없죠.
안다고 생각하면,
배우려는 생각조차 하지 않기 때문이에요.

예를 들어 '자유민주주의'라는 단어의 개념만 알고
자유민주주의가 무엇인지 다 안다고 생각하면
더 깊이 파고들 생각은 안 할 거예요.

자유민주주의는 언제 처음 생겼는지
무엇 때문에 발생되었고 왜 생겼는지
국가들마다 어떻게 다른지
알려고 들면 배움은 끝이 없지요.

단어만 안다고 해서
안다고 할 수 있을까요.

소크라테스조차
"내가 아는 것은 내가 모른다는 사실 뿐이다"라는
말을 남겼어요.

현명한 사람은 모든 것에서 진리를 찾고
끊임없이 배우려고 합니다.

실패의 관점

인간이라면 누구나 실수를 한다.
그런데 현명한 사람들은 실수를 통해
미래를 대비하는 지혜를 배운다.
—플루타르코스

현명한 사람은 실패를 실패라고 생각하지 않아요.
더 나아질 수 있는 기회로 받아들입니다.

인류는 실패를 통해 성장했고
실패에서 더 좋은 것들이 나왔어요.
그래서 실패는 나쁜 게 아니에요.

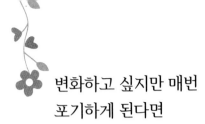

변화하고 싶지만 매번
포기하게 된다면

마음은 변화하고 싶은데
행동으로 잘 이어지지 않는다면
몇 달치 월급을 투자해보세요.

그 돈이 아까워서라도,
계속 할 수밖에 없는 원동력이 될 거예요.

감당할 수 있는 비용을 투자하면
마음이 쉽게 약해지니까요.

두드려야 열린다

청년들에게 가장 중요한 과제는 배움이다.
배워라, 배워라, 또 배워라.

—레닌

모르는 것을 찾아보고

배우지 않으면

평생 모른 채로 살게 되죠.

진짜 부끄러운 건

모르는데 안다고 생각하는 것이에요.

성인의 정의

성인이 된다는 것은 곧 혼자가 된다는 뜻이다.
—장 로스탕

혼자서는 세상을 살아갈 수 없습니다.
하지만 홀로 설 수는 있어야 합니다.

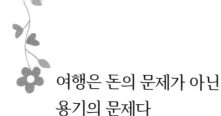

여행은 돈의 문제가 아닌
용기의 문제다

여행은 자기를 둘러싼 속박에서 벗어나는 경험이에요.

부모, 친구, 지인, 직장 동료, 소중한 물건, 집.

나와 관계된 모든 깃들을 두고 떠나기 때문이죠.

여행은 참된 나와 만날 수 있는 시간이에요.

무엇이 필요하고 불필요한지

여행을 통해 알게 돼요.

걷고, 보고, 말하고, 듣고…….

여행은 인생의 축소판이라고 할 수 있습니다.

여행을 하다 보면 힘이 들지만

힘든 만큼 나만의 이야기가 생기고

얻는 것이 있습니다.

파울로 코엘료가《알레프》에서 말한 것처럼

여행은 언제나 돈의 문제가 아닌 용기의 문제이며

용기를 내야만 얻을 수 있는 것들이에요.

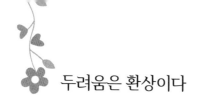

두려움은 환상이다

작은 상자 안에 구슬이 들어 있어요.

그 상자 안에
무엇이 있는지 알려주지 않고,
오직 눈을 감고 만져야 알 수 있다고 한다면
만지는 사람은 두려운 마음이 들 거예요.

실상은 예쁜 구슬인데
상상만으로 지레 겁을 먹고 말죠.

두렵다고 포기한다면
얻는 것은 없을 거예요.

두려움은 실체가 없는 환상일 뿐이에요.

더 즐겁고 풍요로워질 수 있는 삶을
두려움 때문에 놓치지 말아요.

호기심의 힘

*교육은 그대의 머릿속에 씨앗을 심어주는 것이 아니라
그대의 씨앗들이 자라나게 해준다.*

—칼릴 지브란

혼히 말하는 '자기 주도 학습'을 하려면
어떻게 해야 될까요?
관심이 생기려면 먼저 흥미가 유발되어야 해요.
학생들에게 미켈란젤로의 〈천지창조〉를
가르친다고 하면 보통 〈천지창조〉가
어디에 있고 무엇을 그린 것인지부터
설명하죠.
하지만 이렇게 설명하면 어떨까요?
'괴테는 〈천지창조〉를 보기 전에는
인간의 한계에 대해 논하지 말라는 말을 남겼는데
도대체 어떤 것이기에 인간의 한계라는 말까지
나왔을까?

'미켈란젤로가 작업을 하는 동안
교황도 못 들어오게 했다는 그림은 무엇일까?'
'왜 그린 것일까?'
'그리는 걸 거부하면 되지 않았을까?' 등…….
사실 전달보다는 작품에 얽힌 이야기를 들려주면서
질문을 이끌어낸다면 호기심을 자극할 거예요.

비록 나이는 들어도 마음만은
언제나 어린아이처럼 살 수 있는 것도
바로 호기심의 힘이에요.

언어의 파장

모든 재앙은 입에서 나온다.
입을 지켜라.
　　　　　　　　　　—석가모니

에모토 박사의 책『물은 답을 알고 있다』를 보면
언어 사용에 따라 물의 결정체가 달라진다고 해요.
실험 결과에 따르면 눈에는 보이지 않지만,
긍정적인 언어와 부정적인 언어에는 각기 다른
에너지의 파장이 존재합니다.
그리고 우리의 몸은 약 70%가 물로 이루어져 있죠.
그만큼 우리가 사용하는 언어는
우리 몸에 알게 모르게 많은 영향을 끼쳐요.
"사랑해", "고마워", "미안해"와 같은 긍정적인 언어와
"싫어", "짜증 나", "역겨워" 같은 부정적인 언어.
읽으면서도 에너지 파장이 다른 것이 느껴지시나요?

신비함 속으로

세상에는 경이로운 것들이 무수히 많다.
—소포클레스

스위스에 여행을 가서 기차를 타고 이동하는 길이었어요.
창밖에는 알프스 산맥을 배경으로 동화 속 같은
초원 위의 집과 아름다운 에메랄드빛 호수,
보기만 해도 마음이 깨끗해지는 만년설,
여유롭게 풀을 뜯고 있는 젖소들,
평화 그 자체의 풍경들이 눈에 들어왔어요.
마치 천국 속에 와 있는 것처럼 느껴졌지요.

세상에는 경이로운 것들이 무수히 많아요.
별의 생성과 소멸, 생명의 탄생, 세계의 7대 불가사의 등
등…….
그 앞에서 인간의 존재는 한없이 작아지기도 하죠.

혹시라도 현재 삶에 지쳐 있다면
세상의 경이로움에 눈을 돌려보는 것은 어떨까요?

경이로움에 빠지는 순간,
어느새 힘들었던 마음은 신비함으로 가득해질 거예요.

고향

꿈속에 난새를 타고 푸른 허공에 올랐다가
비로소 이 몸도 세상도 한 움막임을 알았네.
한바탕 행복한 꿈길에서 깨어나 돌아오니
산새의 맑은 울음소리 봄비 끝에 들리네.

夢跨飛鸞上碧虛
始知身勢一遽廬
歸來錯認邯鄲道
山鳥一聲春雨餘

—중국 송나라 진국태 부인이 대혜종고 선사에서 보낸 시

해가 뜨는 아침,
별이 빛나는 밤을 본 적이 언제던가요?

너무나 바빠
우리가 지구라는 대자연에 속한 존재라는 사실도
잊고 살았다면
걸음을 잠시 멈추고
길에 난 들풀을 자세히 들여다보세요.

190

찬찬히 바라보면
생명의 경이로움을 느낄 수 있을 거예요.

결국 우리는 언젠가 흙이 되고
물이 되고 바람이 되어
다시 자연으로 돌아갑니다.

보려고 하면 할수록 더 보이지 않는다

고요한 가운데 끝없이 오묘한 이치가 모두 드러난다.

—설씨

답을 찾으려고 하면 할수록
답이 더 숨어버리는 것 같은 때가 있지 않나요?

유리컵에 흙탕물이 뿌옇게 담겨 있으면
반대편이 잘 보이지 않습니다.
잘 보이지 않는다고 해서
유리컵을 흔들면 더욱 보이지 않죠.
흙탕물이 가라앉을 때까지
가만히 두고, 기다려야 보이는 것처럼

마음이 조급한 상태에서는
제대로 볼 수가 없습니다.
그런 때일수록, 호흡을 통해

마음을 차분히 안정시키고

한 발짝 뒤로 떨어져서 바라보세요.

보고자 했던 것이 서서히 드러날 거예요.

어제와 다를 것 없는 오늘, 오늘과 다를 것 없는 내일.

얼핏 일상을 떠올려보면 그닥 다를 것 없는

하루하루의 연속처럼 보입니다.

하지만 그 하루하루가 모여 1년이 되고, 10년이 되고,

당신의 인생이 됩니다.

태평양 저 너머 나비의 날갯짓이 반대 대륙에 태풍을 몰고 오듯이

하루의 작은 다짐과 계획이 당신의 인생을 바꿉니다.

5장 나아가세요

당신의 작은 변화가 이루어낼 수 있는
놀라운 일들

성공한 사람들

세계적인 명사들이 하는 말은 모두 똑같아요.

어떻게 하면 당신처럼 부자가 되고,

세계적인 기업가가 될 수 있냐고 물어보면

하나같이 돈을 좇지 말고, 꿈을 좇으라고 말하지요.

그리고 그들의 원래 목표는 부자 또는 CEO가

아니었다고 말해요.

왜냐하면 그런 것을 목표로 두면

과정이 힘들어서 도중에 쉽게 포기하게 되기 때문이죠.

그래서 내 안에 깊이 숨어 있는 목소리를 듣고

꿈을 좇아 과정을 즐기다 보면 어느새 그 위치에 올라가

있는 거예요.

꿈과 열정의 온도

물은 100도씨에서 끓습니다.
지금 여러분의 꿈과 열정의 온도는 몇 도입니까?
100도에 도달할 때, 불가능은 가능이 됩니다.
99도에 머무르느냐, 100도에 도달하느냐.
단 1도의 차이가 성공과 실패를 결정합니다.
—알 왈리드 빈 탈랄 왕자

물이 끓기 위해서는 100도씨까지 계속해서
열을 가해줘야 해요.
도중에 열을 가해주지 않으면 더 이상 물의
온도는 올라가지 않죠.
또한 물이 액체에서 기체로 변화하기 전까지는
겉으로는 무슨 일이 일어나는지 잘 보이지 않아요.
우리가 노력하는 것들도 이와 똑같아요.
처음부터 잘할 수도 없고 눈에 잘 보이지도 않죠.
하지만 지속적으로 열정에 불을 지핀다면
상태 변화는 일어나기 마련이에요.

현재 당신의 꿈과 열정은 몇 도인가요?

즐거움을 느끼지 못한다면

책을 읽다가 어려운 부분이 나오면
나는 고민하지 않고 그 부분을 건너뛰어 버린다.
나는 즐거움을 느끼지 못하는 것은 하지 않는다.
—몽테뉴

만약 어떤 일을 할 때 무척 힘겹게 느껴지고
즐거움이 느껴지지 않는다면,
어쩌면 그 일은 자신에게 맞지 않는 것일 수 있어요.
내게 맞지 않는 옷을 입었을 때
어울리지 않는 것처럼 말이죠.

즐거움이 느껴지는가의 여부에 따라
나의 관심과 재능을 알아볼 수 있어요.
하지만 힘이 든다고 무조건 재능이 없는 것은 아니니까
잘 구별할 필요가 있어요.
즐거운 일을 하면서도 힘든 과정을 겪을 수 있으니까요.

힘이 들더라도 재미를 느낄 수 있어야 하며
그 과정이 그저 자연스러워야 해요.

성공의 비결

흔히 말하는 성공은 가만히 기다린다고
찾아오는 것이 아니에요.
만약 가만히 앉아서 성공을 바라기만 한다면,
그것은 허황된 욕심일 뿐이에요.
과거 학창 시절 문제집만 잔뜩 사두고,
공부는 전혀 하지 않던 시절이 있었어요.
당시엔 문제집만 사면 공부를 열심히 하는 것 같은
기분이 들었어요.
자기 자신을 속이고 있었던 셈이죠.
아인슈타인이 이런 말을 했어요.
"아무 노력도 하지 않고, 기적을 바란다면

그 사람은 정신병자다."

남들과 같은 선에서 출발한다고 했을 때,

사람들 각자의 능력에 따라 달라지는

부분도 있겠지만 『GRIT』의 저자이자 심리학자인

앤절라 더크워스가 말한 것처럼

성공의 핵심은 재능과 천재성이 아닌 끈기와 노력이에요.

결국 토끼를 거북이가 이긴 이야기처럼,

남들보다 얼마나 더 참을성 있게 노력하느냐에 따라

승부는 결정되며 그에 따라 성공도 따라오기 마련이에요.

선택과 집중

아무리 약한 사람이라도
단 하나의 목적에 자신의 온 힘을 집중시키면
무엇인가 성취할 수 있지만,
아무리 강한 사람이라도
힘을 많은 목적에 분산시키면 어떤 것도 성취할 수 없다.
―몽테스키외

돋보기에 투과된 햇빛으로
한 장의 종이를 태우기 위해서는
초점을 한곳으로 모아야 합니다.
초점이 분산되면 종이를 태울 수 없죠.

어떤 한 분야에 전문가가 되기로 마음먹었다면
다른 곳에 시선을 두지 않고
한곳만 바라보며 나아가야 해요.

또 짧은 시간 내에 무언가를 성취하고자 한다면

더더욱 한곳에만 집중해야 하죠.

인생의 시간은 한정되어 있기 때문에
모든 것을 할 수는 없어요.
모든 것을 할 수 있을 거라 생각한다면
그것은 착각이자 환상일 뿐이에요.

'애플'의 전 CEO인 존 스컬리는 이렇게 말했어요.

"스티브 잡스가 다른 사람들과 다른 점은
무엇을 할 것인가가 아니라,
무엇을 하지 않을 것인가 결단을 내리는 네에 있다."
결국 버릴 줄 아는 지혜가 필요해요.

할 수 없느냐, 할 수 있느냐

나는 할 수 없다고 생각하는 것은
실은 하기 싫다고 다짐하는 것이다.
그러므로 그 일은 실행되지 않는다.
—스피노자

혹 자신은 무엇인가 할 수 없다고 생각하고 계신가요?
그렇게 생각한다면 왜 할 수 없다고 생각하시나요?
이런저런 이유가 있겠지만
정말 원한다면 그런 이유들이
하등 도전하지 못할 이유가 될까요?

당신의 방에 책이 없다면

책 없는 방은 영혼 없는 육체와도 같다.

—키케로

음식이 육체의 양식이듯,
책은 정신의 양식과도 같아요.

체하지 않게 음식을
꼭꼭 씹어 먹어야 소화가 잘되는 것처럼,
책도 마찬가지로 사색하면서 읽어야
자신의 것으로 소화시킬 수 있어요.

책은 여러모로 정신을 살찌워요.
나와는 다른 생각을 접하면서 인식의 폭을 넓히고,
가보지 않은 길을 간접적으로 체험할 수 있으며,
이를 통해 상상력이 풍부해지고 표현력도 늘어나요.

생각의 힘을 길러주고
용기, 도전 정신, 공감 능력,
세상과 인간에 대한 이해도 얻을 수 있어요.

모든 걸 직접 경험하면서 알아가기에는
너무 많은 시간이 필요하기 때문에
독서를 통해 시간을 절약할 수 있지요.
오늘부터라도 책을 읽어보는 건 어떨까요?

처음부터 성공하지 못했더라도

처음에 성공하지 못했다 해도
다시 시도하고, 또 다시 시도하라.
—윌리엄 에드워드 힉슨

무슨 일을 하다가 실패를 하더라도
쉽게 포기하지 말아요.

실패했다고 해서
스스로 '역시 나는 안 돼'
이렇게 생각하기보다는
'내가 성공한 사람과 다를 게 뭐가 있어?
'나도 할 수 있어!'
이런 마음을 가져야 해요.

자전거를 타고 싶다면
넘어지더라도 훌훌 털고 다시 일어나

자전거에 앉아 타는 법을 깨달아야 해요.

그렇지 않으면 자전거는 영원히 탈 수 없어요.

시도하고 또 시도하세요.

어떤 일을 매일 한다면

나는 하루도 빠짐없이 글을 써야 한다.
성공적인 작품을 쓰기 위해서가 아니라
일상의 습관을 버리지 않기 위해서다.
—톨스토이

러시아의 대문호 톨스토이조차 매일 글을 썼어요.

바로 습관의 중요성을 알았기 때문이죠.

톨스토이는 성공적인 작품을

쓰기 위해서가 아니라고 말하지만,

이 일상의 습관 때문에

위대한 작품이 탄생하는 것 아닐까요.

마법 주문

나는 날마다 모든 면에서 점점 더 좋아지고 있다.

—에밀 쿠에

무의식의 힘을 강조한 에밀 쿠에처럼

매일 자기 암시를 해보세요.

성취하고 싶은 내용을 종이에 적고

자기 전 하루에 스무 번씩 되풀이해 읽거나

잘 보이는 곳에 두고 수시로 보는 거예요.

프로이트, 칼 융, 나폴레온 힐, 데일 카네기,

노먼 빈센트 필, 레오나르도 다 빈치, 밥 프록터,

클레멘트 스톤, 로버트 슐러 등

잠재의식 또는 무의식을 강조한 사람은 수없이 많아요.

왜 그렇게 무의식을 강조했을까요?

프로이트는 우리 마음 깊숙한 곳의 무의식이

우리의 행동과 정서에 영향을 준다고 했어요.

꿈을 생생하게 상상한다거나 종이에 쓰는 것은
모두 무의식에 연료를 공급하는 행위이며
행동하게 되는 원동력이 돼요.
그리고 무의식의 영역은 그 끝을 알 수 없을
만큼 무한하지요.

그렇기에 희망적이고 긍정적인 메시지로
매일 자기 암시를 하면서, 무의식의 힘을 믿어보세요.
어느새 힘을 얻어 행동하고 있는 자신을 보게 될 거예요.

책을 펼쳐라

책을 읽으면 인생이 바뀔까요?
책이 내 인생에 영향을 미치려면
나의 무엇인가가 바뀌어야겠죠.

먼저 생각이 바뀌어야 합니다.
물론 책 한 권 읽었다고 바로 바뀌지는 않아요.
여태까지 변화 없이 살아왔으니 쉽지는 않겠죠.
지속적으로 변화가 올 때까지 읽어야 해요.

생각이 바뀌기 시작했다면 실천을 해야 합니다.
즉 행동이 바뀌는 것이지요.
이것도 마찬가지로 습관이 될 때까지
지속적으로 해야 해요.

만약 TV 보는 시간을 줄이기로 했는데,
작심삼일이 되어 얼마 안 가 원래 상태로 돌아간다면
바뀌었다고 할 수 있을까요?

결국 결심한 바를 얼마나 오래 실천하느냐에 따라
인생도 달라져요.
실천하지 않고 그저 단순히 책만 읽거나
강의만 따라다니며 겉으로만 노력한다면
달라지는 것은 없을 거예요.

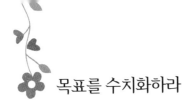

목표를 수치화하라

목표는 추상적이 아니라 구체적이어야 해요.
추상적으로 목표를 잡는다면 도중에 포기할 공산이 크죠.
왜냐하면 명확한 수치가 없기 때문이에요.

예를 들어 운동을 목표로 삼았다면
막연하게 '운동 열심히 하기'가 아니라
윗몸 일으키기 10회, 줄넘기 50회, 팔굽혀펴기 20회처럼
구체적인 수치를 목표로 삼아야 해요.

돈을 모으는 것도 마찬가지죠.
'저축해야지'라는 막연한 생각보다는 한 달에 10만 원씩
저축한다는 목표를 세워야 실제로 이를 지킬 수 있고
목표를 다 채우지 못하더라도 목표에 가깝게

근접할 수 있어요.

이 글을 쓰기 전,
월 833,333원 적금 통장을 만들고 왔습니다.
1년에 1,000만 원을 모으기 위해서요.

여러분은 얼마나 구체적인 목표를 세우셨나요?

오늘 떠나도 후회가 없이

매일 마지막 날처럼 살아라.
—마르쿠스 아우렐리우스

우리는 하루에 한 발자국씩 앞으로 나아가요.
한 발자국 앞으로 가는 데 24시간이 걸리죠.
그렇게 한 발자국, 한 발자국……
뒤돌아보니 벌써 이렇게나 많이 걸어왔네요.

노력의 산물

창조를 하려면 먼저 많은 지식이 있어야 해요.
기본 지식 없이 새로운 것을 만들어낼 수는 없죠.

내가 모르는 것은 설명할 수가 없고
내가 보지 못한 것은 그릴 수 없어요.
또 내가 읽지 못한 것은 쓸 수 없지요.

실험 과정에서 우연히 발명품이 나오기도 하지만
그 실험 과정도 지식이 바탕이 되어야 가능한 일이고
꾸준한 노력 없이는 얻을 수 없는 것들이에요.

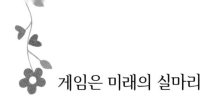

게임은 미래의 실마리

아무것도 할 일이 없을 때 게임은 우리에게 할 일을 준다.
그래서 우리는 게임을 '오락' 이라 하고
삶의 빈틈을 메우는 하찮은 수단으로 여긴다.
그러나 게임은 그보다 훨씬 큰 의미가 있다.
게임은 미래의 실마리다.
어쩌면 지금 진지하게 게임을 발전시키는 것이
우리의 유일한 구원책일지 모른다.
—버나드 슈츠

RPG라는 게임 속 가상 세계에서는
퀘스트라는 목표가 주어져요.
이를 달성하면 보상을 받죠.

다양한 난이도에 따라
달성하기 어려운 퀘스트도 해결하며
성취감을 느껴요.

현실 세계에서 우리는

무엇이 어려워서 포기하는 것이 아니에요.
목표와 열정을 찾지 못했기 때문이죠.

게임과 같은 즉각적인 피드백이 없어,
현실에서는 보다 쉽게 좌절할 수 있어요.
하지만 매일 꿈을 떠올리면서
그 꿈을 위해 한 일들을 기록해보세요.
자신의 성장을 지켜보면서 동력을 잃지 않는다면
어려운 일들을 충분히 해낼 수 있는
잠재력도 커질 거예요.

변화하기 위해 필요한 것

진정한 변화는
하룻밤 사이 일어나지 않는다는 걸 명심해야 합니다.
—『달라이 라마의 행복론』 중에서

소위 성공한 사람들의 모습 이면에는
피나는 노력과 땀 그리고 눈물이 있어요.
성공한 모습 외에 그 이면도
볼 수 있어야 해요.
무언가 변화를 이루려면
이전까지와는 다른 삶을 살아야 해요.
노력하는 시간, 희생이 필요한 것이지요.
희생과 노력 없이 진정한 변화는 있을 수 없어요.

잘하고 있는지 의심이 들 때

이미 지난 세월이 나는 안타깝지만
그대는 이제부터 하면 되니 뭐가 문제인가
조금씩 흙을 쌓아 산을 이룰 그날까지
미적대지도 말고 너무 서둘지도 말게
—이황, 〈자탄(自歎)〉

돌을 쌓고 있는 중간에
그만둔다면 돌을 더 이상 쌓을 수 없듯이

마음이 급하면
하지 않는 것과 다를 바 없듯이

도중에 멈추지만 말고
너무 서두르지만 않는다면

조금씩이라도 앞으로 나아가고 있는 것입니다.
중요한 것은 행동입니다.

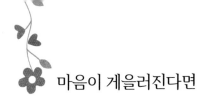

마음이 게을러진다면

누구나 처음 결심한 것을
계속 유지하기는 어려워요.
사람은 기계가 아니기 때문에
분명 지치고 힘들고 포기하고 싶은 때가 오기 마련이죠.
그럴 때마다 계속해서 앞으로 나가는 힘을
얻을 수 있는 방법은 치열하고 뜨겁게 살아가는
사람들을 만나는 것이에요.

그런 사람들과 나를 비교하는 것이 아니라
그들은 어떻게 살아왔는지
시련과 고난을 어떻게 극복했는지
보고 배우는 것이에요.

직접 만나면 가장 좋겠지만
현실적으로 어려우니,
책으로라도 만난다면
지치고 힘들 때마다
계속해서 앞으로 나아갈 수 있는
용기와 힘을 얻을 수 있을 거예요.

가만히 있으면 바뀌지 않는다

성공하는 사람들은 자기가 바라는 환경을 찾아낸다.
발견하지 못하면 자기가 만들면 된다.
—조지 버나드 쇼

세상은 불공평해요.

불공평하다는 사실을 먼저 인정해야 합니다.

문제는 이런 불공평한 세상을 대하는 나의 태도예요.

불평, 불만을 일삼을 수도 있고

현실을 인정하고 새로운 길을 모색할 수도 있죠.

환경이 바뀌기를 바라기보다

내가 환경을 바꿔나가는 게 더 쉽고 빨라요.

낭비된 인생이란 없습니다

낭비된 인생이란 없어요.
우리가 낭비하는 시간이란 외롭다고 생각하며
보내는 시간뿐이지요.
―『천국에서 만난 다섯 사람』 중에서

우리 인생에서 낭비된 시간이라는 것은 없어요.
모든 일에서 배움을 이끌어낼 수 있기에
모든 순간이 소중하죠.
낭비한 시간이라고 생각하는 자체가 낭비예요.

한 페이지, 한 페이지가 모여 책 한 권이 되듯
우리 인생을 책에 비유하자면
하루는 한 페이지예요.

때로 상처받아 눈물이 나거나
힘들고, 포기하고 싶고, 잊고 싶은
그 순간들도 인생의 일부라는 사실을 잊지 말아요.

227

그렇게 우리는 책 한 권 분량의
인생을 채우며 살아갑니다.
어느 날 그 책을 덮는 순간이 오면
우리는 그 책을 다시 펼쳐볼 수 없습니다.
그러니 모든 순간이 소중한 것입니다.

인생은 실험이다

너무 소심하고 까다롭게 자신의 행동을 고민하지 말라.
모든 인생은 실험이다. 더 많이 실험할수록 더 나아진다.
—랄프 왈도 에머슨

가능하면 많이 실패하세요.

실패한 적이 없다면

아무것도 하지 않았다는 뜻이거나

무조건 성공할 거라는 착각에 빠질 수 있어요.

하지만 성공할 수도

실패할 수도 있고

계속해서 실패할 수도 있습니다.

최선을 다했는데 실패할 수도 있습니다.

최선을 다해서 농사를 지어도

날씨 탓에 실패하기도 하는 것처럼

성공과 실패는 때로 나의 의지와 무관합니다.

실패하면 좀 어떤가요.

앞으로 더 크게 성공할 확률이
높아질 텐데 말이죠.

나이가 든다고 저절로
성장하진 않아요

우리는 쾌락 대신 지혜를,
행복 대신 깨달음을 추구해야 한다.
—쇼펜하우어

쾌락을 추구하는 행동에는
뛰어난 정신이 깃들지 않아요.
나이가 든다고 저절로 성장하지도 않죠.

운동을 하게 되면
참기 힘들 정도로 괴로운 순간을 이겨낼 때
근육이 붙게 되지요.
이처럼 마음이 답답하고 불만이 쌓여
자신을 망가뜨리고 싶은 생각이 들 때조차도
묵묵히 지혜를 향해 나아가게 되면
우리는 성장하게 돼요.

자신을 좀 더 가치 있게

돈을 맞춰 일하면 직업이고,
돈을 넘어 일하면 소명이다.
직업으로 일하면 월급을 받고,
소명으로 일하면 선물을 받는다.
—백범 김구

하루 대부분의 시간을 차지하는 직업을
자신을 표현하는 수단으로 여겨보세요.
단순히 돈만 벌면 된다는 생각으로 일하기보다는
나 자신을 좀 더 가치 있게 표현한다면 어떨까요?
보고서 한 장을 쓰더라도 말이에요.

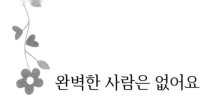

완벽한 사람은 없어요

우리에게는 여러 가지 다른 면이 있을 수 있다.
밝은 면과 어두운 면, 친절한 면과 냉혹한 면,
불안한 면과 안정적인 면이 있을 것이다.
절대로 완전할 수는 없다.
그러나 지금보다 더 나은 사람이 될 수는 있다.
자기 자신을 위해서 더 나은 사람이 되려고 노력하라.

—낸시 우드

우리는 완벽하게 태어나지 않았어요.

삶에서 고통 받고 있다면

어쩌면 그 이유는 완벽을 바라기 때문일지도 모릅니다.

인간의 마음에는 여러 감정들이 섞여 있어요.

사랑, 평화, 행복, 만족, 감사, 겸손, 분노, 짜증, 걱정,

시련, 불안, 공포……

완벽하지 않은 존재이기 때문에 공존하는 감정들이죠.

그러므로 자연스럽게 떠오르는 감정들을

오해하지 않았으면 해요.

천재들도 특정 한 부분에서는 부족한 모습을

보이기도 하죠.

다만 더 나은 사람이 되기 위해 의지를 가지고

노력해보는 것이 어떨까요?

최고의 교육

최고의 인간 교육은 학교 교육이 아니라,
스스로 자신을 가르치는 교육이다.
—새뮤얼 스마일스

아무리 명문대 출신 선생님께 일대일 과외를 받는다고
해도 스스로 공부하지 않는다면 소용이 없어요.

공부는 타인의 도움을 받을 수는 있지만
결국 습득하는 것은 자신의 몫이죠.

음식을 떠먹여줘도 씹지 않으면
소화시킬 수 없고,
아무리 최고급 자동차가 있어도
자신이 운전하지 않으면
차는 굴러가지 않는 것과 같아요.

최고의 교육은 누군가의 도움을 받는 일만은 아니에요.
자기가 스스로 좋아서 자발적인 자세로
배움을 지속하는 것이어야 해요.

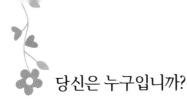

당신은 누구입니까?

당신이 만일 생각하지 않는다면
당신은 무엇을 위한 인간이란 말인가?
—콜리지

사람이 동물과 구별되는 점은
이성적인 능력을 가지고 있다는 점이에요.

그 이성적인 능력을
남과 비교하는 부정적인 방향으로
사용하기보다는
자신의 느낌을 표현하는 쪽으로 사용해보세요.

그림, 영화, 책을 보고
떠오르는 생각을 써보고 얘기를 나눠보세요.

근육을 쓰면 쓸수록 더 발달하는 것처럼
생각도 하면 할수록 더 잘하게 돼요.

그렇게 나만의 느낌을 표현하면서
조금씩 내가 누구인지 찾을 수 있어요.

다시 행복해지기

우리의 인생에서 가장 행복한 때는
일에 몰두하고 있을 때다.
—칼 힐티

어린 시절에는 존재만으로 행복했어요.

사소한 것에도 순수한 기쁨을 만끽했지요.

그리고 어느덧 부모로부터 독립을 하면서

걱정거리가 하나둘 늘어

예전의 순수한 기쁨들을 잃어가기 시작했어요.

어떻게 다시 행복해질 수 있을까요?

바로 몰입이에요.

땀을 흘리며 운동을 하거나,

흥미진진한 책을 읽거나,

놀라운 풍경을 만나는 여행,

호흡에만 온전히 집중하는 명상,

다양한 풍미가 느껴지는 음식,

스트레스가 풀리는 신나는 춤…….

아무것도 필요하지 않고
오로지 하나에만 몰입하는 순간,
세상의 근심, 걱정은 사라지고
행복한 감정은 자연스럽게 생겨요.

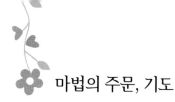

마법의 주문, 기도

알게 해주세요.
이것이 진정한 것인지
알게 해주세요.
내가 살고 있는 이 삶이
진정한 것인지
모든 곳에 계시는 위대한 정령이시여,
알게 해주세요.
이것이 진정한 것인지
내가 살고 있는 이 삶이.
—파우니족 기도문

기도는 삶을 돌아보게 해요.
어떤 길을 걷고 있는지,
그 길에는 어떤 문제들이 있는지,
어디를 향해 가고 있는지,
더 나은 삶으로 나를 이끌어줍니다.

기도를 통해
보이지 않던 것을 볼 수 있음에

감사하게 되고

다시 살아갈 힘을 얻게 됩니다.

출신학교, 살고 있는 동네, 집의 크기, 연봉……
한 사람의 행복을 판단하는 세상의 잣대가 있습니다.
부디 당신은 아무 짝에도 쓸모없는 틀 속에서 벗어나
누구도 흉내 낼 수 없는 당신의 행복을 이루어나가며
마음이 따뜻한 사람들과 다양한 행복이 공존하는 세상을
만들어나가길 기원합니다.

6장 함께하세요

행복을 옥죄는 편견에서 벗어나
세상과 소통하는 발걸음

세상의 통념에 속지 말아요

최초의 인류에게는

시간에 대한 개념도 없었고

바쁠 이유도 없었어요.

자연의 흐름에 따라 지냈죠.

하지만 시간 개념이 생긴 후로

바쁜 일상, 효율적인 시간표가

최고의 미덕이 되어버렸죠.

하지만 그것은 세상의 통념일 뿐

꼭 바쁘게 지내야만

가치 있는 삶은 아니에요.

면밀히 숙고할 수 있는 시간은

바쁠 때가 아닌, 조용하고 한가로운 시간입니다.

세상에 아무도 없다면

우리를 망치는 것은 다른 사람의 눈을
지나치게 의식하는 것이다.
만약 나 이외의 모든 사람이 맹인이라면
번쩍이는 가구는 필요가 없다.

―벤저민 프랭클린

크리스마스이브에 큰맘 먹고
비싼 돈을 들여 대형차를 렌트한 적이 있어요.
비싼 차를 타볼 수 있는 기회를
스스로에게 선물한 셈이었지요.
소형, 중형차를 빌려도 될 텐데,
굳이 비싼 돈을 들여 고급 대형차를
타보려는 저 스스로에게 물어봤어요.
왜 고급 대형차를 타보고 싶은 걸까?
자동차의 본질은 이동 수단이 아닌가?
남들에게 우월하게 보이고 싶은 것일까?
우월하게 보이고 싶다면 그 이유는 무엇일까?

내 안의 결핍된 것에 대한 보상 심리일까?

결핍되어 있다면 그것은 무엇일까?

어렸을 때 부모님으로부터 인정받지 못해서

그런 것일까?

무엇이 원인인지는 잘 모르겠지만 분명한 건,

내가 아닌 다른 사람의 시선은 중요하지 않다는

사실이에요.

부자라는 것은

어떤 사람은 재산이 많아야 행복하다고 생각하지만
재산이 없어도 자기 삶에 만족하는 사람은 행복해요.
삶에 만족하는 문제는 마음에 달려 있죠.
인생의 어느 한 부분만 보고 그것이 전부라 생각하는
착각의 오류를 범하지 않았으면 좋겠어요.

앤드류 매튜스도 이렇게 말했어요.
"당신의 마음과 신념 체계가 바로 지금
당신이 가진 것을 결정하며
당신의 마음이 당신을 부자로도 만들고,

가난뱅이로도 만든다.

사람은 생각하는 만큼 얻게 되어 있다."

당신은 어떤 사람인가요?

시름과 즐거움의 관계

시름이 없다고 해서 즐거움만 있는 것은 아니에요.

서면 앉고 싶고, 앉으면 눕고 싶은 것처럼

시름이 없어지면, 또 다른 시름이 생기기 마련이에요.

하지만 그 속에는 즐거움도 있어요.

서 있다면 두 발로 땅을 디디고 선 즐거움,

앉아 있다면 사색에 잠겨보는 즐거움,

누워 있다면 세상의 모든 고통을 잊고

잠들 수 있는 즐거움,

시름 속에서도 즐거움을 찾아보세요.

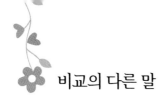

비교의 다른 말

공작새들은 다른 공작새의 꼬리를 부러워하지 않는다.
공작새들은 저마다 자기 꼬리가
세상에서 가장 훌륭하다고 믿을 테니까.
그렇기 때문에 공작새는 온순하다.
만약 그렇지 않다면 그 새의 삶은 얼마나 불행한가?
—버트런드 러셀

비교는 불행을 낳아요.

벼락에 맞아 죽을 확률은 428만 9,651분의 1이고

로또복권에 당첨될 확률은 814만 5,060분의 1이지만

우리가 태어난 확률은 복권에 당첨확률보다

30배 낮은 3억분의 1이에요.

이 세상에 나와 똑같은 존재는 없으며

나는 내 인생의 주인공이지요.

이렇게 소중한 우리가 남들과

재산, 외모, 학력, 배경 등을 비교하며

스스로를 불행에 빠뜨릴 이유가 있을까요?

대학에 가지 않고 초등학교만 졸업하고서도
세상의 리더가 된 사람은 굉장히 많아요.
부와 가난도 비교에서 나온 말이에요.
비교할 사람이 없으면 나는 부자도,
가난뱅이도 아니에요.
결국 비교하는 사람은 불행에 빠질 수밖에 없으니
'나'는 그저 '나' 자체로 존재해야 해요.
자신을 사랑하면서 남들과 비교하지 않는 것이
행복을 위한 지름길이에요.

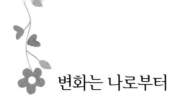

변화는 나로부터

당신이 살고 있는 세상을 사랑과 평화로 가득 채우고 싶다면
먼저 당신 스스로가 깨어나야 한다.
—제임스 알렌

나를 사랑하지 않고
남을 사랑할 수 없는 것처럼
바깥이 아닌 안으로부터 사랑이 채워져야 하고
내가 밝아져야, 주변도 밝아지는 것처럼
내 마음의 등불을 먼저 켜야 해요.

진정한 변화는 타인에게서 오지 않아요.
바로 자기 자신으로부터 시작하죠.

타인의 미소를 바라기 전에
내가 먼저 미소를 지어보세요.

삶은 관계다

행복의 90%는 인간관계에 달려 있다.
—키르케고르

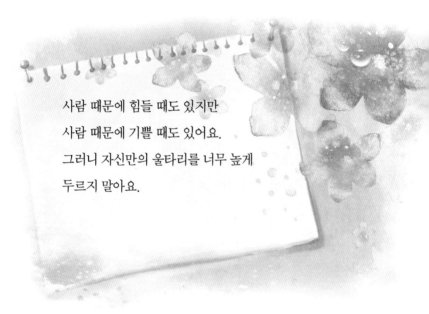

사람 때문에 힘들 때도 있지만
사람 때문에 기쁠 때도 있어요.
그러니 자신만의 울타리를 너무 높게
두르지 말아요.

우리가 두 손을 가지고 있는 이유

주변 사람들이 사소한 도움을 청할 때
내겐 남의 도움이 필요 없을 것처럼
거절하곤 했어요.

그러다 정작 남의 도움이 필요한 상황이 닥쳤을 때
내겐 도움을 청할 사람이 없었어요.

사회적 동물이라는 말이 있듯이
사람은 혼자서 살 수 없는 존재예요.
사회라는 공간은 사람들로 복잡하게 얽혀 있지요.

상대방이 내게 다가오기 어렵게 되면

결국 외로워지는 건 자신이에요.

남을 도와줄 수 있다는 건, 또 다른 기쁨입니다.

향기 나는 사람이 되고 싶다면

향을 쌌던 종이에서는 향내가 나고,
생선을 묶었던 새끼줄에서는 비린내가 나는 것처럼
본래는 깨끗하지만 차츰 물들어 친해지면서
본인이 그것을 깨닫지 못한다.
—『법구 비유경』

'근묵자흑(近墨者黑)' 이란 사자성어가 있어요.
먹을 가까이하면 사람이 검어진다는 뜻인데
사람은 주위 환경에 영향을 받는다는 말이죠.

틱낫한 스님이 2013년에 방한했을 때
혜민 스님께서 통역을 맡으셨는데
"마음속에 갖고 계신 고요함과 행복이
몸 밖으로 그대로 배어나면서
앞에 앉은 사람한테까지 전해져
더할 나위 없이 좋았다" 라고 소감을 밝히셨어요.

마음의 평화를 얻고 싶다면

자연이나 그런 사람 곁에 머무는 건 어떨까요?

어떠한 말, 시 그리고 노래

의미 없는 천 마디의 말보다
마음에 평화를 부르는 한 마디 말이기를,
현란한 천 편의 시보다
영혼의 잠을 깨우는 단 한 줄의 시이기를,
귓가를 스쳐가는 천 곡의 노래보다
심금을 울리는 한 곡의 노래이기를
—『법구경』 중에서

감정 없이 하는 말보다는 진심 어린 말,
겉보기에만 화려한 미사여구가 아닌
치열한 사색과 고민, 고통을 통해 나온 진실이 담긴 글,
듣고 금방 잊히는 노래가 아닌
나를 돌아보게 하고
때로는 눈물, 때로는 즐거움을 주는 음악.

어쩌면 바로 이런 혼이 담긴,
사랑이라고도 할 수 있는
그 무엇이 우리를 깨우치게 합니다.

무엇이든지 혼을 담아 나눌 수 있다면
세상은 더 아름다워지지 않을까요.

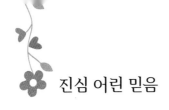

진심 어린 믿음

선(善)은 결코 실패하지 않는 유일한 투자다.
—헨리 데이비드 소로

햇볕이 따스함을 전해주는 것처럼
당신도 따뜻한 마음을 상대에게 전해주세요.
식물이 햇빛을 받고 자라는 것처럼
나의 따뜻한 마음이 상대의 마음에
작은 빛이 되어줄 거예요.

세상은 넓고 경이롭다

세계에는 많은 인종과 민족, 많은 언어가 있으며,
각각 저마다의 특성과 세계관을 지니고 있다.
이 얼마나 아름답고 신비한 일인가?

—헤르만 헤세

지금 이 순간에도 지구 반대편에는
다른 인종들이 살아가고 있어요.
그들만의 언어와 문화를 사용하며
각자 다른 가치관을 바탕으로 살아가고 있지요.

나의 활동 반경으로 시야를 가두기보다
더 넓은 관점으로 세상을 보려고 노력하면
그만큼 세상을 향한 즐거움도 늘어나지 않을까요?

아픔의 다른 이름, 공감력

아무리 훌륭한 사람이라도
마음의 상처가 없는 사람은 매력이 없다.
타인의 고통을 모르기 때문이다.
—후지코 헤밍

마음의 상처가 없는 사람이
타인의 고통을 이해할 수 있을까요?
물론 고통을 전부 이해할 수는 없겠지만
사랑하는 사람과 헤어진 경험이 없다면
그 아픔을 헤아리기 어려울 거예요.

상대방의 아픔에 내 일처럼 아파하고
기쁨에 진심으로 함께 기뻐하는
공감이라는 힘을 갖기 위해서는
상처가 때로 도움이 되기도 해요.

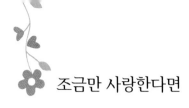

조금만 사랑한다면

사랑하라. 한 번도 상처받지 않은 것처럼.

—알프레드 디 수자

씨앗을 심고 물을 조금만 준다면
꽃이 온전하게 피지 못할 거예요.

상처받기 두려워
조금만 사랑한다면
딱 그만큼만 돌아올 거예요.

그러니 사랑하세요.
마치 첫사랑인 것처럼.

성공한 사람

등 뒤로 불어오는 바람,
눈앞에 빛나는 태양,
옆에서 함께 가는 친구보다 더 좋은 것은 없으리.
—에런 더글러스 트림블

이 수많은 사람들 중에서
외로울 때 나를 기억해줄 사람.
험난한 세상을 같이 걸어갈 사람.
나의 긴 이야기를 들어줄 사람.
힘들 때 곁에 있어줄 사람.
그런 사람이 단 한 명이라도 있다면
당신은 성공한 사람입니다.

인생은 내 마음대로 되지 않는다

미래를 좌지우지하겠다는 욕망을 버리면
더 행복해질 수 있다.
—니콜 키드먼

세상은 내 마음대로 되지 않습니다.
일단 이 사실을 인정해야 해요.
그래야 마음이 편해지죠.

추운 겨울 날, 버스 정류장 앞.
횡단보도에서 신호등을 기다리고 있는데
배차 간격이 한 시간인 버스가
매정히 가버리기도 하고.

놀이공원에서 놀이 기구를 타기 위해
한 시간 넘게 기다려
이제야 내 차례가 왔는데

하필 그때 내린 비 때문에
발길을 돌려야 하기도 하고.

해외여행을 떠나기 전,
에어비앤비로 숙소 예약을 했는데
너무 늦게 도착하는 바람에
문도 잠겼고 호스트는 전화를 안 받고,
결국 예약한 돈까지 날리고 더 비싸게
다른 숙소를 구하기도 해요.

이처럼 세상은 내 마음대로 되지 않기 때문에
더 재미있는 건지도 모르겠습니다.

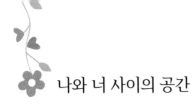

나와 너 사이의 공간

함께 있되 거리를 두라.
그래서 하늘의 바람이 너희 사이에서 춤추게 하라.
서로 사랑하라.
그러나 사랑으로 구속하지는 말라.
그보다 너희 혼과 혼의 두 언덕 사이에
출렁이는 바다를 놓아두라.
함께 노래하고 춤추며 즐거워하되
서로는 혼자 있게 하라.
마치 현악의 줄들이 하나의 음악을 울릴지라도
줄은 서로 혼자이듯이.
―칼릴 지브란

항상 함께하는 것만이 사랑은 아니에요.

상대방을 내 안에 가두고 싶다면 그건 집착일 뿐이에요.

그리움을 느껴봐야 소중함도 알아요.

장미꽃을 너무 가까이 하면

가시에 찔리듯,

서로에게 숨 쉴 공간을 주세요.

마법의 문장

칭찬은 평범한 사람을 특별한 사람으로 만드는
마법의 문장이다.
—막심 고리키

켄 블랜차드의 책 제목처럼,
칭찬은 고래도 춤추게 해요.

범고래가 관중 앞에서 멋진 쇼를 보이는 것은
조련사의 칭찬 때문이라고 하죠.

무심코 던진 누군가의 칭찬 한마디에
꿈과 희망이 생기고
인생이 바뀌는 경우도 있어요.

더군다나 칭찬하는 데는 비용이 들지도 않죠.

말 한 마디로 인해

모두가 행복해지는 마법의 문장을

선물해보는 건 어떨까요?

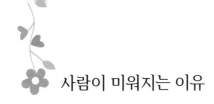

사람이 미워지는 이유

사람을 미워하는 것은 그 사람 안에 있는
나의 일부를 미워하는 것이다.
내 일부가 아니라면 거슬릴 이유는 없다.
―헤르만 헤세

살다 보면 누군가 싫어질 때가 있어요.
싫어하는 감정이 생기는 데는
여러 이유가 있겠지요.

직장에서 어떻게든 일을 적게 맡으면서
최대한 편하게 지내려고 하는 사람을
싫어한 적이 있어요.

이유를 가만히 살펴보니
내 안에도 그런 모습이 숨어 있었죠.
그렇지 않다면 헤르만 헤세의 말대로
거슬릴 이유가 없었겠죠.

자신을 들여다보면
상대방에 대한 연민이 생겨 이해할 수 있어요.

누군가를 미워하고 있다면
왜 미워하는지 살펴보세요.
불편한 감정들이 누그러지고
편안한 마음으로 돌아올 거예요.

자신의 가치관

무얼 위해 그리 급하게, 삶을 버리듯 살아가는가?
자연의 흐름에 따라 천천히,
여유롭게 하루를 보내자.
호두 껍데기나 모기 날개 따위가 선로 위에 떨어졌다고,
선로를 이탈하는 일은 없도록 하자.
기적(汽笛)이 울면 목이 쉴 때까지
그냥 울도록 내버려두자.
종소리가 울린다고 무조건 뛰어야 하나?
—헨리 데이비드 소로, 『월든』중에서

우리는 자본주의 세상에 살고 있고
크든 작든 그 영향을 받을 수밖에 없지만,
세상이 바쁘게 돌아가고
다들 바쁘게 산다고 해서
같이 바빠질 필요는 없어요.

게다가 자본주의 속성에만 물들어 있다면
삶의 중요한 본질들을 외면하게 되겠죠.

하나를 얻기 위해서는 하나를 잃어야 하기에
중요한 것을 잃지 않기 위해서는
자신의 가치관에 맞는 삶을 살아야 해요.

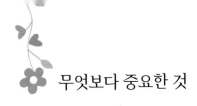

무엇보다 중요한 것

자금보다도 자본이 더 중요하지요.
하지만 무엇보다 중요한 것은 바로 인성입니다.
—J. P. 모건

소위 명문 대학을 나오고
사회적 지위가 높고 재산이 많다면
이런 가치를 좇는 사람에게는 인정받을 테지만
순수한 어린아이의 눈에는
그 사람의 행동, 태도만 보일 뿐이에요.
결국 인격이 그 사람입니다.

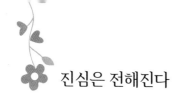

진심은 전해진다

나의 곡들은 내 마음에서 우러나온 것이다.
이것이 듣는 이들의 마음으로 전해지길 원한다.

—베토벤

진심은 비록 당장은 아니더라도
언젠가 전해지기 마련입니다.

말이 아니더라도
조각일 수도 있고
글일 수도 있고
음악일 수도 있고
제품일 수도 있어요.

진심을 다해 상대를 대한다면
군이 진심이란 표현을 쓰지 않아도
진심은 전해질 것입니다.

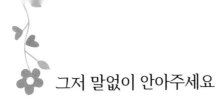

그저 말없이 안아주세요

경험은 창조할 수 없다.
오로지 겪어야만 얻을 수 있는 것이다.
—알베르 카뮈

직접 경험해보지 않고서는

누군가의 아픔을 온전히 이해할 수 없어요.

그러니 네 심정 이해한다고 쉽게 말하지 말아요.

그냥 말없이 들어주고 안아주세요.

오히려 그것이 더 큰 위로가 됩니다.

가까이할 사람

존 고든의 『에너지 버스』라는 책을 보면
내 인생이라는 버스에 에너지를 뺏는 사람들을
태우지 말라고 해요.
내가 운전사인데, 버스에 타지 않거나
에너지를 뺏는 사람들을 억지로 태울 필요가 없죠.
공연히 그런 사람들을 버스에 태워
에너지를 낭비하지 말아요.